# まぜるな危険

高野史緒

FUMIO TAKANO

早川書房

# まぜるな危険

装幀／早川書房デザイン室

目次

# アントンと清姫

本作は、二〇一〇年、ＳＦマガジン九月号「東京ＳＦ化計画」特集に書いた一篇だ。同特集では、東京を題材とした短篇やエッセイ、ブックガイド等が掲載された。小説では筆者の他にはクリストファー・バルザックとジェニファー・レネアの、どちらもヨコ文字圏から見たエキゾチック東京ＳＦが掲載されたが、図らずも、本作もまたヨコ文字圏の主人公が巻き込まれるエキゾチック東京（江戸？）ＳＦである。

元ネタはタイトルからお察しの通り、紀州道成寺《どうじょうじ》に伝わる安珍・清姫伝説であり、その後日談である歌舞伎の「京鹿子娘道成寺」である。若き仏僧安珍に恋をした清姫が大蛇と化して安珍を追い詰め、梵鐘《ぼんしょう》に隠れた安珍を鐘ごと焼き殺すのが安珍・清姫伝説、道成寺での鐘供養に清姫の化身である白拍子花子が現れ舞い踊るのが歌舞伎の筋書きだ。筆者がことのほか偏愛する歌舞伎演目が道成寺もので、とにかく何とかこれをＳＦにしたいと、かなり長い間考えていた。

本作のインスピレーションの源はもう一つある。モスクワのクレムリンにある鐘の皇帝《ツァーリ・コロコル》である。これは十八世紀前半に世界一の鐘を作ろうというものすごくロシアっぽい計画で作られた巨大な鐘で、高さが六メートル強、総重量が推定一六〇トンから二〇〇トン（↑量れない）という、とにかくツッコミどころしかないロシア的なシロモノで、当然だが吊り下げて鳴らすことなど叶うはずもなく、さらに鋳造から数年後の火災で割れて一部が欠損してしまい、今はクレムリンの敷地内で観光客の絶好の記念撮影スポットとなっている。もちろん吊り下げられてはいない。野ざらしで石の台座に置かれている。いろんな意味スゴイので、モスクワに行かれる方は一見をお薦めする。壮大にして美しく、そしてツッコミどころだらけです。筆者は十九歳の時初めて行った外国がソ連

（！）で、クレムリンでこの世界一の割れ鐘を見て、ここで道成寺を上演したら……と夢想したのだった。

また、執筆当時はちょうど現代東欧ＳＦのアンソロジーである『時間はだれも待ってくれない21世紀東欧ＳＦ・ファンタスチカ傑作集』（創元ＳＦ文庫）を編纂している最中で、ロシアとの歴史は決して平穏ではなかった東欧諸国と、日本と、そしてロシアとの友好を祈念する作品を書きたいと思っていたところだった。そういうわけで主人公はラトヴィア人のオレグスとなったのだった。

そういう個人的にものすごく思い入れのある作品だが、海外からの評価も存外に高く、今までに英語とイタリア語に翻訳されている（英語翻訳者ハート・ララビー、イタリア語翻訳者マッシモ・スマレ）。が、実は国内ではこれまでに一度も単行本やアンソロジーには収録されたことがなかった。なかなか忘れ去られた存在だったのだが、今回やっとこういう形で書籍化できたことを個人的に勝手に喜んでいる。

ワイドスクリーンバロックならぬワイドスクリーン歌舞伎だが、筆者のリミックス芸らしさを楽しんでいただければ幸いである。正直に言うと、筆者はウィリアム・ギブスンやクエンティン・タランティーノが描くような「なんちゃって日本」が大好きだ。機会があればまたこういう、いや、もっとインチキ臭いなんちゃって日本を描きたいと思っている。

モスクワの人たちは知っているのだろうか。クレムリンの大鐘が何故、割れているのかを。市民に限らず、モスクワに足を踏み入れたことのある者なら、その鐘の存在自体はみな知っているはずだ。たいていの観光客はクレムリンを訪れる。観光客用のトロイツカヤ塔からクレムリンに入場し、クレムリン大会宮殿（共産党の党大会に使われた、いかにもソ連的な馬鹿でかい劇場）の前を通り、大統領府や大統領官邸を左手に見ながらモスクワ川のほうに進んで行くと、教会群と緑地帯の間に、石の台座の上に置かれた巨大な鐘に行き当たる。それがいわゆる〈鐘の皇帝《ツァーリ・コロコル》〉だ。高さだけで六メートルはあり、重さは、観光ガイドに記された数値によると二百トンだということだ。

梵鐘の鋳造技術がもっとも優れている日本でも、高さが五・四メートル、重さが七十トンのものが最大だという。〈鐘の皇帝〉の数値がどれだけ桁外れだか分かろうというものだ。

そう、日本の梵鐘は洗練されていて、大きさのわりにとても薄い。そのほうがいい音が出るのだという。それは耳で聞く音ではなくて体で受け止める音であり、録音では決して再現できない音だ。大砲の音がまるごと録音できないのと同じだ。

〈鐘の皇帝〉の音はどんなだろう。それを聞いたことのある者は天地開闢《かいびゃく》以来、ただの一人も存在しない。何故なら、あれは一度も鳴らされないうちにさる事情によって割れてしまったからだ。

オレグスは上野恩賜公園で「時の鐘」を聞きながら、何とはなしに〈鐘の皇帝〉のことを思い出していた。

どうしてそんなことを考え始めたのかは分からない。上野の「時の鐘」はもちろん純和風の梵鐘で、〈鐘の皇帝〉との共通点はまったく無い。上野のそれは小高い丘の上にあって、木造の鐘楼に下げられており、現代では機械仕掛けの撞木《しゅもく》で朝夕と正午の三回、鳴らされている。高さは曖昧な目測で二メートルないくらい、直径はその半分ちょっとというところだろうか。

今は撞木もたいして動かさないのであまり大きな音も出ないし、何より上野公園は江戸時代とは比べものにならないくらい賑やかになってしまったので、公園内にいても少し離れれば鐘が鳴っていることにさえ気づかないだろう。しかし、かつてはこの音は半径三キロメートル以上の範囲に聞こえたらしい。オレグスが聞いたのは正午の鐘だったが、実際に鳴らされたのは十二回以上だった。正確に数えればそれは十五回、最初の三回は「捨て鐘」なのだという。

以上は、ボランティア・ガイドと思しき年配の男性が教えてくれたことの受け売りだ。オレグスは写真は数枚撮ったが、動画は撮らなかった。どうせ後でパソコンで再生してその音にがっかりするのが目に見えていたからだ。

上野公園の桜はほぼ満開だった。今夜雨が降らなければ明日の土曜日は最高の花見日和になるだろう、と、朝のニュースで気象予報士たちが嬉しそうに言っていた。公園内のめぼしい場所は、すでにみな同じような青いシートで覆い尽くされている。この時期の日本の名物、「花見の場所取り」だそうだ。すでに「酒盛り」が始まっているグループもあった。あと数日で会社に入る特別な儀式を迎える新入社員や、マドギワのサラリーマン、法的にはまだ酒を飲んではいけない学生、あるいは店や会社を休んだ酔狂な人々が、夜を徹して花見の場所を確保している。部外者としては恥ずかしいほど馬鹿馬鹿しい気もするが、何となく羨ましくもあった。何が羨ましいのかはよく分からないが。

アメ横を抜けて電車に乗り、秋葉原のオタクショップや電気屋を見て歩いたあと、オレグスは池之端の下宿先に帰った。正確に言えば叔父の下宿先であり、オレグスは短期の居候《いそうろう》だ。物理学者である叔父ペーテリスにとって、大学に歩いて行くこともでき、粒子加速器のあるつくばに電車一本で行ける池之端は住むには最適の場所だという。もっとも、下宿先は昭和の早い時期に建てられた和洋折衷の木造家屋で、むしろ多少不便でもここに住んでみたいと思うような魅力的な家であることが最大の理由なのだろう。洋風を意識しているせいか天井が高く、身長が二メートルに達するペーテリスには、日本の普通のアパートなどよりよほど住みやすいようだった。

まだ大学生であるオレグスは、関西の大学で短期の交換プログラムを終えた後、一週間だけ東京に居候してラトヴィアに帰る予定になっていた。もっともペーテリスはもうすぐ非常に重要な実験が開始されるということで、ほとんど家にはいなかったが。

日暮れ時にオレグスが帰ると、ペーテリスは今まさに出かけようとしているところだった。今日は朝早くから大学に出かけたはずだが、いったん帰ってきてまた出かけようというところらしい。

「オレグス、悪いけど、私は今夜は研究室に泊まるよ。明日は研究室から直接つくばに行く。前に言ったと思うが、やっと私たちの研究チームに予約の順番が回ってきたんだ。加速器のね」

「こんな忙しい時に来ちゃってごめんね、叔父さん。僕は大丈夫だよ」オレグスはちらりと自信の笑みを見せた。「日本語で生活するのは全然困らないし、ここの人たちはみんな親切だし」

「そうだな。特に日本語に関して言えば、お前は私の何倍も上だしな。日曜日の昼までには帰るよ」

「つくばに行くってことは、もしかして、あれなの？　叔父さんたちが〈時間砲〉って呼んでる……」

「そうだ。大丈夫さ。いわゆる『親殺しのパラドックス』みたいなのは起こらない。そんな心配そうな顔するなよ。時空には脳神経に似た可塑性がある。過去と現在と未来の間でも、一種の情報伝達を行っているんだ。タキオン粒子の照射は、もう分子レベルでの実験はとっくに終わっていて、理論が有効であることは実証されている。お前が人文科学を捨て去って物理学を専門にしない限り分かってはもらえないだろうけどね」

「そっちの理解はもうとっくに諦めてるよ。僕はどちらかというと……これは聞いていいのかどうかずっと迷ってたんだけど……アントンって、ソ連のスパイだったんだよね。なのに、ソ連嫌い、ロシア嫌いの叔父さんが、どうして彼を助けたいって言うのか、僕はそれが理解できなくて……」

アントンと清姫の悲劇は、少なくとも日本とロシアではよく知られていた。アントンは清姫を捨てて帰国し、落胆が怒りと化した清姫は、燃える蛇体に変化してアントンを追い、ついにはクレムリンの鐘に身を隠した彼を鐘ごと焼き殺してしまったのである。未だにロシア政府は認めていないが、アントンはスパイだったと言われている。ソ連に恨みを持つ東欧諸国からすればざまあ見ろとしか言いようのない話で、普段のペーテリスなら、どうせならクレムリン全部を焼いてくれればよかったのにくらいのことは言ってもおかしくないのだ。

「そう、アントンは確かにソ連のスパイだった。だけど、それでも私は彼を助けたいんだ」

オレグスの予想に反して、ペーテリスは率直に認めた。

「彼は科学者としては私の友人だったんだ。大丈夫さ。何も当時のソ連政府を転覆させるような歴史改変を行おうっていうわけじゃない。どうせやるならそこまでしたいところだが、残念ながら、人類はそれほどのエネルギーを持つ加速器なんか作れやしないんでね。ただちょっとだけ、アントンと清姫が出会う瞬間の位相をずらすだけさ。それがいつだったのか、私は個人的に知ってるんだ。その瞬間さえなければ、清姫だって物の怪《け》に変じたりしないで済んだのだからね。予定通りなら、発射は明日の十八時ちょうどになる。成功を祈っていて欲しい。……じゃ、行ってくるよ」

ペーテリスはおばあちゃんが差し入れとして持たせてくれた鯛焼きの袋を持ち直すと、玄関から暗くなりはじめた表通りへと出て行った。

翌朝、少し遅い時間にオレグスが起きてくると、大家さんたちは花見の準備を始めていた。お父さんは町内会の準備のために、朝早くから出かけたらしい。

和食の重箱弁当は余所者が手伝う余地はなく、オレグスは出かけることにした。名所でなくても桜はあちこちに咲いている。谷中に行くというのはどうだろうか。

ガイドブックによると、根津、千駄木、谷中は一つのまとまった地域と考えられているようだった。住宅街であると同時に、昔ながらの商店やこだわりの工房などが点在し、その懐古的な雰囲気に憧れた若い世代が、擬懐古調のカフェを作ったりしている地区なのだ。池之端や根津と谷中との最大の違いは、谷中は非常に寺社が多いということだろうか。広大な霊園もあり、横山大観や渋沢栄一、ニコライ・カサートキン等の著名人の墓所に詣《もう》でることもできる。

一方通行の細い道を歩いてゆくと、小さな木造住宅の群れの中から突然、ミニチュアのような山門が姿を現した。どの寺もほとんどは本堂と住職の住まいとささやかな墓地しかない小規模なものだったが、手入れはよく行き届いているようだ。

桜はどこでも満開だった。谷中霊園は桜の名所でもあるらしいが、さすがにここで酒盛りをしている人たちはいなかった。墓地での花見にフランス料理をデリバリーするなんていうのは、やはりマンガの中だけの出来事なのだろう。

花を見ながら歩いていると、オレグスは道を見失ってしまった。今、自分が地図上ではどの位置にいるのか、まったく分からなくなってしまったのだ。もっとも、東京ならやみくもに歩いてもすぐにJRか地下鉄の駅に行き着くだろうし、午前中から身ぐるみはがされるような恐ろしい場所も（多分）ないので、困ることはない。が、自分がどこにいるのかまったく分からないというのは、何とも言えず不安なものだ。

四月初旬の東京の気温は、ラトヴィアの首都リガで言えば初夏に相当する。暖かいものだった。が、花びらを含んだ風が首筋を吹き抜けていった瞬間、オレグスはふと寒気を覚えてブルゾンの前をかき合わせた。何かが視界の隅を掠めたように思って顔を上げると、路地の奥に煤けた小さな山門が見えた。

どの寺を見てもたいして違いはないと分かっていたが、オレグスは何か心惹かれるものを感じてその寺に向かった。

そこはやはり、今まで見てきた小さな寺となんら変わりのないところだった。奥に本堂があり、山門の左手には住居（これは伝統的寺社建築ではなく、十年も経っていないような一般的民家だった）があり、右手には狭い墓地がある。参道と墓地の間に足元が苔《こけ》生《む》した石造りの塔のようなものがいくつか、身を寄せ合うようにして並んでいる。

一番奥の大きな石塔の下に、何か白いものが置かれていた。近づいてみると、それは白い紙に包まれた日本酒の瓶のようだった。驚いたことに、その包みにはペーテリスのフルネームが片仮名で記されていた。

これは一体何なのだろう？　石塔に刻まれた碑文はかなり風化している。しかしそうでなくても、その古めかしい書体はオレグスには読み解けなかった。おそらく、現代の日本人の大半は読めないだろうが。しかし一文字くらい読めないかと未練がましく粘っていると、あるところに指先が触れて止まった。

「清姫……？」

間違いなくそう読める。確かにそうだ。夢中になって文字を見つめていたが、突然、背後で砂利を踏む音がして、オレグスはどきりとして振り返った。

いつ何処から現れたのか、若い僧侶が一人、本堂の前に立っていた。日本人の年齢は計りがたいが、少なくともオレグスよりは年上だろう。形のいい頭をきれいに剃り上げ、顔立ちは涼しげで、今どきらしい上下幅の狭い黒縁めがねをかけていた。彼がもう一歩オレグスのほうに近づくと、墨染めの衣の肩口から、桜の花びらが一枚、ひらりと舞い落ちた。

「やあ。君はあの物理学者の息子さんかな？」

僧侶はくせのない英語でそう訊ねてきた。

「いいえ、違います。私は彼の甥です」

オレグスが日本語でそう答えると、僧侶は驚きもせず、日本語に切り替えてきた。

「とてもよく似ている」

そう、ペーテリスは胡麻塩頭、オレグスは赤みがかった金髪という点を除くと、二人はひと目で血縁と分かるほどよく似ていた。

「それは今朝、君の叔父さんが奉納していったものさ。実験の成功を祈ってね。タキオン粒子なんてレトロSFの中にしかないものだと思ってたよ。ネットで論文を検索したけど、君の叔父さんって、すごい学者なんだね。アメリカの下馬評ではウルフ賞の最有力候補と言われてるし」

「ありがとうございます。でも、出来のいい叔父と比べられるので、身内はけっこう迷惑しますよ」

僧侶は屈託なく笑って、オレグスに茶を一杯飲んでいけと言った。

本堂の濡れ縁に座布団を敷いて座ると、二人は自己紹介をし合った。僧侶は久庵《きゅうあん》と名乗った。オレグスは彼をどう呼んでいいのか分からず、日本語で僧侶につける敬称は何なのかを尋ねてみたが、久庵は坊主でもおっさんでも何でもいいと笑って答えてくれなかった。ガイジンの扱いには慣れているのか、オレグスの日本語や寺社めぐりをいちいち褒めたりもしなかった。

「あれは清姫様のお墓なんですか？」

オレグスは思い切って訊ねてみた。伝説では、どこだったかの山奥にあると聞いたことがあったが、それもよく覚えていない。

「あれは供養塔さ。もっとも、本当の墓と同じと考えてもらったほうがありがたいね。あの下に分骨があるという言い伝えもあるけど、実際に確かめたことはないみたいだ」

「そうなんですか。このお寺は、清姫様と何か縁《ゆかり》があるのですか？」

「どうだろう。後付けの言い伝えみたいなものはいろいろあるけど、信憑性のある一次史料は存在しない。どっちにしても、江戸っ子は清姫さんが好きだからねえ。能だけでは飽き足らず、歌舞伎に仕立て上げて、何ヴァージョンも作ってしまうんだからね。今年は年明けに、清姫の怨念が団十郎に退治されちゃうヴァージョンをやったなあ。僕は荒事《あらごと》が好きなんで、押し戻しまでやるのは嬉しいんだけどね」

「退治って……いいんですか？　そんなの。それじゃ清姫様があまりにも悪者扱いではないのですか？」

「いいのさ。それも江戸っ子の愛だからね。同人誌と同じさ」

久庵は茶を注ぎ足して、菓子鉢から干菓子を一つつまんだ。

花びらがいくつか、濡れ縁にも舞い落ちる。

「本当の供養というのは、その人をいつまでも覚えていて、折に触れて心に思うことだよ。立派な墓を建てるとか、美辞麗句を並べ立てた碑文をたくさん作るとか、そういうことじゃない。江戸っ子は毎年毎年、清姫さんの演目を何ヴァージョンも上演して、その想いや苦しみを追体験するんだ。退治される物の怪扱いだって愛だということは、彼女だって分かっているのさ」

「分かります。信仰や追悼の気持ちは豪華さで表せばよいというものではないという考え方は、私たちバルト三国の者たちも持っています。でも、清姫様はそれでいいかもしれませんが、アントンにとってはたまったものじゃないですね。悪者扱いといったら、アントンが一番悪者扱いですからね」

「君はハンサムだから、女に追われる者の気持ちがよく分かるようだね」

久庵は笑ったが、オレグスは、普段絶対に表さないようにしている自負を見透かされたような気がしてどきりとした。

「いえ、まさかそんな……私はただ……今日の叔父たちの実験がどうなるのかと思って……」話題の変え方がわざとらしかったかもしれないが、オレグスはそのまま続けた。「実験はこれから行われるわけですが、過去を操作するというのなら、もう過去には結果は出ているはずなんですよね。何しろ過去ですから。なのに私たちはまだその結果を知らないというのはおかしいですよね」

「そうだね。たとえ君の叔父さんに説明してもらったとしても、僕には理解できないだろうな。しかしそれにしても、どうして君の叔父さんはアントンと清姫の件を選んだんだろうか」

オレグスは昨夜、出かける間際のペーテリスが話したことをそのまま久庵に聞かせた。友人としてのアントンを助けたいという一念だ。普段のペーテリスは、日本とラトヴィアでロシアを挟み撃ちにしてやるとか、過激な冗談を言うこともあるのだ。もっともこれは個人としての考えであって、科学者としての意見ではありませんが、と笑いながら注釈を入れはするのだが。正直に言うと、オレグスには、ロシアをそこまで憎悪する気持ちも、それでもアントンを助けたいという気持ちも、今ひとつ理解できないのだった。

「そうか……君は叔父さんほどロシア嫌いってわけじゃないんだ」

「叔父ほどではないというより、多分、私はたいていのラトヴィア人より……何て言うんでしょう、ぬるいと思います。かといって親ロシア派なわけでもありません。ロシアはやっかいな相手だし、優位に立たれては困るし、できるだけおとなしくしておいて欲しい存在だとは思っています。でも、別に憎いという感覚はないんです」

「君は政治学が専門だと言っていたね？　政治家か国家公務員になることも考えていると。ならば君はおそらく、ロシアにとっては非常に恐ろしい論客となるだろうね」

「どうしてですか？　私の日本語が間違っていたのかもしれません。つまり、私はロシアに対して敵対的な感情はほとんど持っていないのです。私など、ロシアから見て恐ろしいところなどカケラもないと思いますが……」

「いや、だからこそだよ」久庵は少し言葉を切って、意味が通じたかどうかを確かめるようにオレグスを見た。「憎むと不利な立場に立つことになるからね」

「憎しみからは何も生まれない、ということでしょうか？」

「違う」

オレグスは、それをきっぱりと否定した久庵に驚いて、彼の顔をまじまじと見つめてしまった。

「憎むというのは、恋と同じことなのさ。可愛さ余って憎さ百倍と言うだろう？　憎しみだって、実はいつの間にか恋に変じているのさ。本人が気がつかないだけでね。まず相手の存在があり、強い感情をもってその相手のことを考え続けているというのは、恋をしているのとまったく同じ状態じゃないか。心が相手に支配されている。憎めば憎むほど、ますます相手に囚われることになる。ロシアを憎み、悪魔に魂を売ってでも一泡吹かせてやろうと考えている者たちは、ロシアに心を奪われている。恋焦がれているのと同じさ。でも君は違う。ロシアにとってこんな恐ろしい論客はないだろう？　何しろ、ロシアは君の心を奪うことができないんだから」

視界の上のほうで何かがきらりと光ったような感じだった。オレグスは久庵が何を言いたかったのかを理解した。久庵は立ち上がり、空中に左手を伸ばした。すると、花びらが一枚、吸い込まれるようにその手の中にすっと納まった。

「大正時代、東京最大の祟り神であり守護神である平将門に働きかけて東京の壊滅を図った軍人がいた。この時に起きたのが関東大震災さ。彼ほど東京を愛した者はいないだろう。最大の祟り神は敬えば最高の守護となり、最強の愛は最強の憎しみとなる。将門に限らず、東京にはいろいろな神や怪物が祀《まつ》られていてね。東京はそうした力あるものを封じ込め、あるいは力を分け与えてもらうのにとても適した場所なのだそうだ。竜脈、つまり竜の通り道に当たるとか何とか。あの不忍池は、竜の水飲み場だそうだよ。あれが涸れてしまうと竜は力を失って東京は衰退してしまう。日光東照宮も、東京の竜を制御するために作ったパワースポットだという説もある」

久庵の手から桜の花びらは落ちてこなかった。まるでその手のひらに吸い込まれてしまったかのようだ。

「今晩、クレムリンで〈鐘の皇帝〉の鐘供養がある。まあ鐘供養というのは我々日本人がそう呼んでいるだけであって、実際には、ロシア正教式に行われる、アントンのための年祭の追悼式《パニヒダ》だけど」

「そんな行事があるとは知りませんでした……」

「今日はアントンの命日だからね。式典は日本にも中継されるよ。ストリーミング配信もするらしい。始まるのは、日本時間だと午後五時過ぎから。お花見しながらネットで見る人もたくさんいるだろうし、あちこちでパブリック・ビューイングもあるし」

まさかそんな大事《おおごと》になっているとは。オレグスがそんな話は聞いたことがないと言おうとした時、久庵が自分の額をぽんと打って言った。

「すまない。喋りすぎたね。どうも修行が足りなくていけない。僕ももう出かけないと。僕も今晩はお山に行くよ。君ももう帰ったほうがいい。ここを出て左に曲がると、車が通れる道がある。そこで住所表記を見れば道が分かる」

教会と同様、寺社にも時間の決まったお勤めというものがあるはずだ。オレグスは素直にその言葉に従って寺を出た。久庵の言ったとおり、地図上の位置はすぐに分かった。

しかし、久庵は何故、オレグスが道に迷っていたことを知っていたのだろうか。不自然な話だった。オレグスがそれに気づいたのは、谷中のよみせ通りの古めかしい食堂で、遅い昼食にオムライスを食べている時だった。


いや、何かがおかしいというのは昼食を食べる前から感じていた。目に見えるおかしさと、目に見えないおかしさの両方があった。手術前に注射される鎮静剤が効きはじめの時、こんなふうに痺れるような浮揚感を感じることがある。恐ろしいほどの期待感と、もう引き返せないという不安が入り混じり、何をどうしたらよいのかも分からないまま浮き足立った気分だ。叔父の実験のことを知っているので、つくば入りした物理学者たちの気分に入れ込みすぎているだけかもしれない。

しかしそう感じているのはオレグスだけではないようだった。谷中の町全体の様子がおかしいのだ。休日は多くの観光客がやって来るという「谷中銀座」も、驚くほど人通りが少ない。それどころか、午後の早いうちから店じまいをしている商店がいくつもあった。表通りから一歩奥に入ると、あちこちの物干し台には色とりどりの振袖が干してある。ビールケースを車に積み込む男性の脇で、振袖を着た中年女性が風呂敷包みを持って携帯電話を耳に当てている。

あちこちから、千鳥ヶ淵だとか隅田公園だとか、あるいは穴場、パブリック・ビューイングという言葉が聞こえてくる。

店を閉めている人たちは、どうやらお花見に行くらしかった。オレグスが昼食を取った食堂も、三時半には店を閉めるがそれでもいいかと何度も念を押されて、やっと入れてもらったのだ。ガイドブックで目をつけていたメンチカツ屋は臨時休業の札を掲げていた。朝から休みにしていたのらしい。叔父にすすめられたTシャツ屋も同様だった。賑わっていたのは路地の奥の飲み屋だけだ。路地にはみ出して置かれたテーブルには、すでにアルコールの入った男性が何人かいた。店の中には新品らしい大型の液晶テレビが据えられ、外の看板に貼られた紙には、太いマジックでこう大書されていた。

Wi-Fiあり〼《ます》

オレグスはしばらくその奇妙な通りを歩き、街を観察し続けた。日が傾いてくると、その浮き足立った気分はますますいっそうつのっていった。長い石段の途中で猫を撫でている時、突然、オレグスは天啓に打たれたようにあることに気づいた。

そう、もし東京に竜脈があるのなら、「蛇脈」というものはないのだろうか？

猫たちをびっくりさせないようにそっと立ち上がったが、彼らはオレグスがある考えに取り憑かれていることに気づいたかのように、びくりとして走り去っていった。

一瞬、久庵の寺を探すことを考えたが、彼は確か「お山に行く」と言っていたはずだ。「お山」というのはいろいろな意味のある言葉で、確か総本山に修行に行くような時にも使う言葉ではなかったかと思うのだが、この場合は「上野のお山に行く」、つまり花見に行くことを意味しているに違いない。

オレグスは日暮里の駅の近くまで来ていたので、そのまま電車に乗った。山手線の中も、大荷物を持った男たちと、振袖でめかしこんだ女たちでいっぱいだった。みな携帯電話で誰かと連絡を取り合いながら、また千鳥ヶ淵だの、日比谷公園だの、外濠《そとぼり》公園だのという話をしていた。オレグスはガイドブックを取り出して確認したが、そうするまでもなかった。どれも桜の名所だ。

上野のホームに降り立った瞬間、これはまずいことになったと思わずにはいられなかった。改札から出て公園にたどり着くまで、いったいどれだけ時間がかかるだろう。駅は広いとはいえ、新宿駅や東京駅ほどではない。上野公園も駅から降りたらもう目の前だ。しかし、朝の通勤ラッシュ時をはるかに超える混雑と喧騒が、その距離を無限のものにしていた。

ガイドブックには、上野公園を訪れる花見客は一日三十万人を超えると書かれていた。三十万人！　ラトヴィアの総人口の七分の一に近い人数だ！

その中から久庵一人を探し出すことなどできるのだろうか。

少しずつ、しかし確実に日が暮れてゆく。美術館の前にも、野球場にも、大きな液晶テレビが設置されていた。オレグスは女性たちの長い袖をひっかけてしまわないよう気をつけながらも、なんとか人波をかきわけて進んだ。急いだからといって久庵が見つかるとも限らず、どこへ行けばいいのかも分からなかったが、何かに急かされるように。

人々の頭上にはこれ以上ないほど華麗に桜が咲き誇っている。光の具合のためか、昨日の昼間より色合いが濃く見える。動物園のゲートの上には、一体いつどうやって設置したのか、幅四十メートルを超えていそうなＬＥＤマルチ・ディスプレイが設置されていた（昨日はこんなものは影も形もなかった）。

あまり人の流れに逆らうわけにもいかず、オレグスは流れに乗る形で右手の噴水のほうへと進路を取った。広場に出て視界が開けると、国立博物館の和洋折衷様式の本館を焦点とした桜の遠近法が広がった。ライトアップされた噴水が輝き、あちこちに種々様々な大型ディスプレイが煌めいていた。画面のテスト映像が消えたかと思うと、あちこちから歓声があがる。ロシアから鐘供養の中継が始まったのだ。

クレムリン内の〈鐘の皇帝《ツァーリ・コロコル》〉のある広場――イワン雷帝の鐘楼と大統領官邸の間――には、金糸や宝石が輝く式服をまとった司祭たちが入場してきたところだった。周囲には政府の高官や軍人たちが整然と居並び、香炉が振られ、大統領夫妻と首相夫妻が上座でそれを見守っている。ロシア正教会の儀式はどんなに地位の高い者でも最初から最後まで立ったまま参列しなければならないのだそうだが、このやり方の最大の利点は参列者が邪魔くさくて見えないということだろうか。少なくとも見物人にはそう思える。

式次第の分からない儀式が始まり、皆がそれに見とれた。が、ディスプレイを見上げながらも、器用に携帯電話やワイヤレスのラップトップに入力している者も大勢いる。紋切り型な「機械に振り回される人間」などという表現は、東京では色褪せて見える。彼らほど機械やネットワークを使いこなしているユーザはいないだろう。

オレグスはそんなことを考えながらも、注意深く周囲を観察していた。久庵はやはり、墨染めの衣をまとっているのだろうか。それとも私服で——トレーナーにジーンズどころか、もしかしたらヒップホップ・ファッションに剃髪を隠すキャップをかぶって——いるのだろうか。

「オレグス！　こっちこっち！」

突然誰かに呼び止められ、オレグスはどきりとして足を止めた。大家さん一家と町内会の人たちだった。彼らは噴水の傍のかなりいい場所を確保していたようだ。お父さんの携帯電話に連絡を入れるのをすっかり忘れていた。

オレグスがビニールシートに腰を下ろすのとほぼ同時に、ビールが差し出された。ただでさえ異様なまでの興奮に浮かされているのにビールなど飲んでは悪酔いしそうだったが、飲まずにはいられなかった。お母さんもおばあちゃんも、古めかしい防虫剤の匂いをさせた振袖を着ていた。

そう、振袖というのは確か、未婚の女性の、しかも極めて若い頃にしか着られない礼装ではなかっただろうか。オレグスは恐る恐る、どうしてみんな振袖を着ているのですかと訊ねた。誰もがただ、花見だからと答えるばかりだった。未婚がどうの、年齢がどうのということは聞けなかった。花見というのはそういうものなのだろうか？

周囲から突然、歓声が上がる。式典で何かが起こったのだ。ディスプレイに目を凝らすと、クレムリンには桜をあしらった振袖を着た美しい娘がいた。いつどこから現れたのかは分からない。娘は司祭や大統領を相手に何事かを話し合っている様子だった。上野公園ではさっきとは比べものにならないほどの混雑が始まった。振袖の女たちがビニールシートの宴席を立って広場に移動し始めた。歩きの花見客も宴席の者たちもみな譲り合って場所を作る。三味線を取り出す者も大勢いた。

誰が歌い出すともなく長唄が始まり、クレムリンではあの振袖の娘が鐘の前で踊り始めていた。

花のほかには　松ばかり
花のほかには　松ばかり
暮染《くれそ》めて鐘や響くらん

長唄は聞き取りの難しい発声で難しい古語を歌うものだったが、何故かそれは、オレグスの頭の中できっちりと焦点を結んだ。オレグスは歌詞や状況を理解できることを不思議に思いさえしなかった。
クレムリンの娘——白拍子《しらびょうし》——が鐘に見返る。その視線の強さに、思わず戦慄が走った。娘が金の烏帽子《えぼし》をつけて踊り始めると、上野の女たちもそれに合わせて踊り始めた。

鐘に恨みは数々ござる
初夜《しょや》の鐘を撞《つ》く時は　諸行無常《しょぎょうむじょう》と響くなり
後夜《ごや》の鐘を撞く時は　是生滅法《ぜしょうめっぽう》と響くなり
晨朝《じんじょう》の響きは生滅々已《しょうめつめつい》
入相《いりあい》は寂滅為楽《じゃくめついらく》と響くなり
聞いて驚く人もなし
我も五障《ごしょう》の雲晴れて
真如《しんにょ》の月を　眺め明かさん

いつの間にか、桜の間に仕込まれたぼんぼりが灯っていた。夢心地の桜色に包まれて、ありとあらゆる色柄の振袖の女たちが踊る。オレグスはしばらくそれを呆然と眺めていたが、視界の隅に墨染めの衣を見たような気がして、はっと我に返った。
友達を探しているからとことわって大家の宴席を離れたが、踊りが始まってしまった分、久庵の探索はよりいっそう困難になった。

言わず語らず我が心　乱れし髪の乱るるも
つれないはただ移り気な
どうでも男は　悪性者《あくしょもの》
都《みやこ》育ちは蓮葉《はすは》なものじゃえ

足元と踊りとディスプレイと桜に注意を奪われながらも、オレグスは少しずつ中央広場に近づいていった。ふと見上げると、クレムリンの白拍子はいつの間にか烏帽子を外していた。浅葱《あさぎ》色の振袖もさっきとは違うような気がする。丸紋づくしのだらりの帯。確か振袖は赤を着ていたような気がするのだが……

恋のわけ里《ざと》　武士も道具を伏せ編笠で
張りと意気地《いきじ》の吉原《よしわら》
花の都は歌で和らぐ
敷島原《しきしまばら》に　勤めする身は
誰《たれ》と伏見の墨染め
煩悩菩提《ぼんのうぼだい》の撞木町《しゅもくまち》より
難波四筋《なにわよすじ》に　通い木辻《きつじ》に

禿《かむろ》だちから　室《むろ》の早咲き
そォれがほォんに　い、ろじゃ
一《ひ》ィ二《ふ》ゥ三《み》ィ四《よ》　夜露《よつゆ》雪の日
下関路《しものせじ》も　ともにこの身を
馴染み重ねて
仲は丸山　ただ丸かれと
思い染めたが縁じゃえ

いた。久庵だ。そう思った次の瞬間、オレグスは、中央広場にはあちこちに墨染めの衣の男たちがいることに気づいた。彼らも、居ても立ってもいられないと言わんばかり踊り始める。

梅とさんさん櫻《さくら》は　いずれ兄やら弟《おとと》やら
分きていわれぬ　花の色え

坊さんたちが踊り始める中、一人だけ踊りに行かない者がいた。

今度こそ間違いなく久庵だ。

動物園上の巨大ディスプレイがよく見える所に久庵はいた。公衆トイレの前なので宴会組が居座っていない場所だった。

菖蒲杜若《あやめかきつばた》は　いずれ姉やら妹《いもと》やら
分きて言われぬ　花の色え
西も東もみんな見に来た花の顔
さよえ　見れば恋ぞ増すえ　さよえ
可愛《かわゆ》らしさの花娘《はなむすめ》

どこからともなく花火が上がる。あちこちからあのSNSが落ちたただの、この動画サイトが落ちたという声が聞こえた。久庵は、どうにかこうにか人込みをかきわけて自分の方にやってくるオレグスを見つけると、待っていたというような笑みを見せた。

「教えてください！」オレグスは挨拶も前置きもなく久庵に質問をぶつけた。「東京に竜脈があるのなら、『蛇脈』というのはないのですか？　蛇が不忍池の水を飲みに来るということは？」

「蛇脈か……さあ、どうだろうね。有ると思えば有り、無いと思えば無い……かな」

「とぼけないで教えてください！　私は本気で聞いているんです！　東照宮の制御がなくなったら竜が暴れだすように、もしつくばで異変が……そう、加速器で時間を越えるような素粒子が発せられたりしたら、それで東京に封じられた蛇が動き出すということはないのですか?!」

「落ち着きなさい。そんなに感情を動かしてはいけない。ただでさえマレビトはヨリシロに選ばれやすいんだ」

久庵は正面からオレグスを見据えて、少し間を取ると、静かに諭すように言った。

「君は旧ソ連の生まれで、日本研究を専門にしている。つまり、どちらにとっても縁の者であり、どちらにとっても余所者だ。そして、つくばの〈時間砲〉ともエネルギー的に結びついている。こんな人間は今この瞬間、人口が一千万人を超える東京にも君一人しかいないだろう。これから何が起ころうとも、起こることは起こる、起こらないことは起こらないと、受け流したほうがいい。そうでないと、二度と戻ってこられなくなる」

奏楽に加わっている者は増え続けているようだった。上野にはエレキギターやバロックフルート、ビートボックスを手にしている奏者もいる。種々のアフリカン・ドラムで小鼓《こつづみ》、大鼓《おおつづみ》のパートを叩きまくる異様にテンションの高いグループもいる。クレムリンでは当然のようにバラライカの集団が太棹《ふとざお》、細棹《ほそざお》の代わりを務めている。

「君はアントンと清姫の物語がどんなものだか知っているかい？」

「だいたいは……いえ、でも、本当はそれほどでも……」

「ならば聞かせてあげよう。かつてアントンは、科学者としての功績と、ソ連政府から与えられた華々しい肩書きと、日本からの特別な待遇をもって東京に滞在していた。その時、仕事の関係上、年に一度、真砂荘司《まなごのしょうじ》という男のもとに立ち寄っていた。その真砂荘司の娘が清姫さ。しかし、ある時、ついにアントンにも本国からの帰還命令が出て、彼は清姫には何も言わずに帰国してしまう。それを恨んだ清姫は、憎しみのあまり燃える蛇へと変化《へんげ》して、モスクワまでアントンを追っていった。アントンはクレムリンに逃げ込み、あの巨大な〈鐘の皇帝〉に身を隠した。が、清姫はその鐘に巻きつき、アントンを鐘ごと焼き尽くしたんだ。〈鐘の皇帝〉はその時に割れてしまったんだよ。アントンの死後、清姫の蛇はモスクワ川へと身を投げた。これがアントンと清姫の伝説さ」

久庵は淡々と話したが、その一語一語は強くオレグスの心に食い込んだ。

奏楽はしばし落ち着きを取り戻し、白拍子は手ぬぐいを手に、しっとりとした踊りを始めた。やはり衣装はいつの間にか変わっている。藤色に枝垂桜《しだれざくら》。

恋の手習い　つい身《み》習いて
誰《たれ》に見しょとて　紅《べに》かねつきょぞ
みんな主《ぬし》への心中立《しんじゆだ》て
おォ嬉し　おォ嬉し
末《すえ》はこうじゃに　そうなるまでは
とんと言わずに済まそぞえ
誓紙《せいし》さえ偽りか

「二人の間にどういう約束があったのかは誰にも分からない。約束なんてなかったのかもしれない。いずれにしても、アントンには妻子があった。それが誠意ある結婚だったのか、出世のための手段だったのかも分からない。どっちであっても、彼が自由の身でなかったのは事実だ。それに、清姫を真砂荘司の娘ではなく、『ヨメ』とする文献もある。

エリート科学者と乙女の悲恋だったのか、窓際スパイと年増女の痴話喧嘩だったのか、それとも女の一方的な妄想だったのか、いったい誰に分かるだろう？」

嘘か　誠か
どうもならぬほど　逢いに来た
ふっつり悋気《りんき》はせまいぞと
たしなんでみても　情けなや
女子《おなご》には何がなる
殿御《とのご》　殿御《とのご》の　気が知れぬ
悪性《あくしょ》な　悪性《あくしょ》な　気が知れぬ
恨み恨みて　かこち泣き

「しかし物語には必ず、語られない真の結末がある」

「どういう意味ですか？」

オレグスが問うと、久庵はしばらくの間、何も言わずにクレムリンの白拍子を見つめた。

露《つゆ》を含みし櫻花《さくらばな》

触《さわ》らば落ちんの風情《ふぜい》なり

白拍子がクレムリンの高官たちに向かって、どこから取り出したのか、結んだ手ぬぐいをたくさん撒くと、上野では坊さんたちが花見客に手ぬぐいを撒いた。

日が沈む。白拍子の振袖には、うこんの地に火炎太鼓が描かれている。胸に小さな鞨鼓《かっこ》をくくりつけ、細い桴《ばち》でそれをそっと叩く。

「作者は最後の最後で物語の真意を知られるのを恐れ、登場人物も己れの心をすべて読み解かれてしまうのを恐れるからね」

「そんなはずはありません。作者というのは、読者や観客に伝えたいことがあるからこそ物語を作るはずです。わざわざ真意が伝わらないようにするなんて、そんな馬鹿なことがあるでしょうか。理解されなければ意味がないじゃないですか」

「だからこそさ。すべてを洗いざらいさらけ出してしまうということは、心を他人に明け渡すのと同じだ。どうしても語れない一片が、必ず作者や登場人物の中に残るものなのさ。でもそれは存在する。作者たちがひた隠しにしても、それは厳然として存在する」

　オレグスには返す言葉もなかった。上野の上空には、博物館や寺社の屋根に仕込まれているらしいレーザーが放たれ、オーロラのように波立った。

おもしろの四季の眺めや

三国一《さんごくいち》の富士の山
雪かと見れば　花の吹雪か吉野《よしの》山《やま》
散りくる散りくる嵐山《あらしやま》
朝日《あさひ》山々《やまやま》を見渡せば
歌の中山《なかやま》　石山《いしやま》の
末《すえ》の松山《まつやま》　いつか大江《おおえ》山《やま》
生野《いくの》の道の遠けれど
恋路《こいじ》に通う浅間《あさま》山《やま》
一夜《ひとよ》の情け有馬《ありま》山《やま》
いなせの言《こと》の葉《は》
飛鳥《あすか》　木曾《きそ》山《やま》　待乳《まつち》山《やま》
我が三《み》上山《かみやま》
祈り北山《きたやま》　稲荷《いなり》山《やま》

白拍子が跪《ひざまず》いた姿勢から大きく海老反りになった瞬間、オレグスの脳裏に何かが閃いた。彼女はただの白拍子ではない。あれは……

オレグスが同意を求めるように久庵に振り返ると、久庵は見返さず、おもむろに正座し、数珠を手に取った。

縁を結びし妹背山《いもせやま》
二人が中の黄金山《こがねやま》
花咲くえいこの　このこの姥捨山《おばすてやま》
峰《みね》の松風　音羽山《おとわやま》
入相《いりあい》の鐘を　筑波山《つくばやま》
東叡山《とうえいざん》の　月の顔ばせ　三笠山《みかさやま》

筑波……！　そうだった。〈時間砲〉はどうなっただろう。時間はちょうど午後六時になっていた。予定通りなら、今まさにそれが放たれているはずだ。

そう思った瞬間、あちこちから鐘が鳴り響き始めた。普段は控えめにしか撞かれない〈時の鐘〉も、この喧騒の中でも聞き取れるほどの音を放った。鳴っているのは〈時の鐘〉だけではない。聴覚以外の何かがそれを感じ取った。寛永寺で、浅草寺で、増上寺で、クレムリンのイワン雷帝の鐘楼で、天竜寺で、品川寺《ほんせんじ》で、救世主ハリストス聖堂で、五百羅漢寺で、ダニロフスキー修道院で、池上本門寺で、築地本願寺で、柴又帝釈天で、ノヴォデヴィチイ修道院で、ヴォズネセニエ教会で、カザン聖母教会で、深大寺で、法明寺で、ドンスコイ修道院で、浄心寺で、リザポロジェーニエ教会で、シメオン・ストルプニク教会で、いや、東京とモスクワの全ての鐘のある場所で、一つ残らず鐘という鐘が鳴らされた。

ただ頼め
氏神様《うじがみさま》が可愛がらしゃんす
出雲《いずも》の神様《かみさん》と約束あらば
つい新枕《にいまくら》
廓《さと》に恋すれば浮世じゃえ
深い仲じゃと言い立てて
こちゃこちゃこちゃよい首尾で
憎てらしほどいとしらし

細棹三味線とバラライカの奏楽が続く。日が落ちた空に星が増えてゆき、ぼんぼりに照らされた花びらが星のように舞った。星のように、動く無数の星のように。地面から何か細いものがたくさん舞い上がってゆく。輝く銀の紐と見えたが、それは全てが透き通るような姿の蛇だった。久庵は腹の底から搾り出すように太い、それでいてオペラの詠唱のように整った声で、ゆっくりと経文を唱え始めた。

**納慕薄伽筏帝《ナモバギャバテイ》**
**鉢刺壊波囉弭多曳《ハラジャハラミタエイ》**

**怛姪他《タニヤタ》**

女たちの振袖の動きからわいて出る小さな蛇たちは、散った桜の花びらを舞い上げながら高空へと立ち上り、やがて天の川のような光の帯となった。白拍子は両手に鈴太鼓を持ち、白い振袖でいよいよ激しく踊る。変わらないのは枝垂桜の模様ばかりだ。

花に心を深見草《ふかみぐさ》
園《その》に色よく咲き初《そ》めて
紅をさすが品《しな》よく形《なり》よく
あァ　姿やさしや　しおらしや
さっさ　そうじゃいな
さっさ　そうじゃいな

久庵は経を唱え続ける。問うても答えはないだろうと思いつつも、オレグスは訊ねずにはいられなかった。

「まさか……彼女を退治するつもりですか?!」

「違うよ」思いがけず、久庵は経を中断して答えてくれた。「退治すべきものなどこの世にはない。森羅万象、全てが仏の御下《みもと》にあるのだからね」

室囉曳《シツレイエイ》
室囉曳
室囉曳
室囉曳納《シツレイエイサイ》
莎訶《ソワカ》

オレグスはもう、自分がどこにいるのか、誰なのかも分からなかった。

何か巨大なものが東京の大地から引きずり出されるように空に上る。小蛇の銀河は巨大な一匹の蛇となり、巨蛇は白銀のプラズマを発しつつさらに高空へと舞っていった。

皐月《さつき》　五月雨《さみだれ》
早乙女《そうとめ》　早乙女　田植え歌
早乙女　早乙女　田植え歌
裾《すそ》や袂《たもと》をぬらした　さっさ

すっかり妖気を帯びた白拍子が〈鐘の皇帝〉を見やる。するとモスクワの空は掻き曇り、真っ暗になった。燃える蛇体は放物線を描いてクレムリンへと急降下してゆく。

花の姿の乱れ髪
思えば思えば　恨めしぃやとて
竜頭《りゅうず》に手をかけ　飛ぶよと見えしが
引きかついでぞ　失せにける

鐘に取りつき、巻きつき、白銀の炎を上げる。蛇はその無限とも思われるほどに長い身体を幾重にも絡ませ、〈鐘の皇帝〉をその身のうちにかき抱いた。愛しく、恨めしく、忘れえぬ鐘。尽きせぬ情念の源。ロシア緊急事態省のヘリコプターが次から次へとやってきて大量の化学消火剤をかけてゆくが、まさに焼け石に水だ。激しい上昇気流が、そのヘリコプターをも追い散らす。蛇は渾身の力で鐘を締め上げた。喜悦の極まった女が、飲み込んだ男を不随意に締め上げるように。

幾度かの痙攣が静まると、蛇はゆるりと鐘を離れて、再び空へと上がった。オレグスは自分の身から何かが離れてゆくのを感じた。見ると、蛇は風になびく羽衣のようにゆらりと揺れ、ゆっくりとモスクワ川へと降下してゆくところだった。ざんと大きな音を立て、力の尽き果てた蛇体が川面に叩きつけられる。水しぶきはクレムリンを越え、赤の広場やボリショイ劇場の屋根にまで降り注いだ。

上野で意識を取り戻しつつあるオレグスの耳元で、女の満足げなため息が聞こえた。そして、少し鼻にかかった男の声が、ロシア語でこう呟いた。
「Ну, ладно... Это меня освободило...
（これでいいんだ……。俺は、解放されたんだ……）」
物語の語られざる真の結末。
そう、彼は解放されたのだ。国からも、科学からも、そして時間からも。

翌日、ペーテリスは憔悴した様子で帰宅した。

今度は大学のスーパー・コンピュータ待ちらしく、明日はオレグスを空港まで送っていけないと言い出した。それは構わないのだが、いつもは穏やかな叔父が話しかけづらいほどの殺気を漂わせているのが辛かった。実験は失敗したらしい。どう考えても成功するはずだったので、まったく理解できないという。

〈時間砲〉がアントンと清姫を引き離さなかったことはオレグスも知っていた。実験は失敗したというより拒否されたのだ。が、オレグス自身も完全には理解しきれていない昨夜の経験を、この追いつめられた物理学者に話すことはとうていできそうになかった。

大家のお父さんは二日酔いで寝込み、お母さんとおばあちゃんはこたつでテレビを見ている。桜は花吹雪となって散ってゆく。オレグスは拡大コピーした地図に綿密な書きこみをしながら久庵の寺を探したが、それはついに見つからなかった。谷中は何事もなかったかのように賑わっている。

クレムリンの大鐘は今も割れたままだ。だが、それでいいのだ。

（二〇一〇年夏　東京　ロシアと東欧と日本の友好を祈念して）

# 百万本の薔薇

今回、この連作短篇集をまとめるにあたって、気がついて愕然としたことがある。どれもこれもロシアネタばっかりじゃないですか……。意図してそうしたわけではない。結果としてそうなっちゃっただけなのである。ロシアはそれだけネタの温床、いやインスピレーションの宝庫なのだ。まあ、現実にロシアと関わるとなるといろいろ予想外の出来事、と言うよりナナメ上の事態が頻発するので、なかなか面倒なのだが……

本作は二〇一二年に『カラマーゾフの妹』（ああこれもロシアネタですね）で第五十八回江戸川乱歩賞をいただいた後、小説現代に受賞後第一作として書いたものである。当然ミステリを期待され、筆者としてもミステリを書いたつもりだが（いちおう犯人探しがストーリーの軸なので）、ミステリ界からはたいして評価されなかった（まあそうなるよね……）。が、SF界からは一定の評価をいただき、大森望&日下三蔵編『年刊日本SF傑作選　極光星群』（二〇一三年、創元SF文庫）に収録された。やっぱりSFなのである。いや、正直に言うと、書きながらすでにそう思ってました、ええ。

物語の核は、ソ連時代末期のヒットソング「百万本のバラ」だ。この歌は日本を含む世界中でカヴァーされているので、曲を聴けば「ああ、あれね」と思い当たる方も多いのではないだろうか。日本ではシャンソンの大御所加藤登紀子からダイアモンド☆ユカイや氷川きよしに至るまで、様々なジャンルのアーティストがカヴァーしている。貧しい画家が旅の女優に恋をし、全財産を売りはらって百万本の赤いバラを買う。女優のホテルの窓の下の広場をそのバラで埋め尽くすのだが……

原曲は歌詞がまったく違うラトヴィアの歌であったり、その画家はジョージア（旧グルジア共和国）のニコ・ピロスマニという説があったり、女優のモデルが後年パリで名乗りを上げたとか、曲を取り巻くエピソードも多いが、それらの解説はウィキペディアに譲ろう。覚えやすく哀調を帯びた旋律やせつない歌詞が、何とも言えない魅力にあふれたレトロソ連歌謡曲なのである。

画家のモデルがピロスマニというのは作詞者ヴォズネセンスキーの創作であるらしいのだが、なかなか魅力的な設定なので、本作ではそれを踏襲し、舞台をグルジア共和国に設定した。前述のソ連旅行の際、グルジア共和国にも立ち寄っており、あの何とも言えない奥深い夜の雰囲気などを書いてみたいとずっと思っていたというのもある。ジョージアは日本人の感覚で言うと全然南国感はないのだが、ロシアから見ると、冬にもほとんど雪の降らないエキゾチックな南国と映るらしい。近年、日本でもジョージアワインやシュクメルリが注目されてにわかに身近になったが、今でもあの独特な夜は健在だろうか。

『異形コレクション』でバラか香りがテーマになったら是非書かせてもらおうと思っていたバラにまつわる幻想奇譚寄りのSFは以前からアイディアがあったのだが、なかなかそういうテーマをやってくれなくて書く機会がなかったので、ここに投入した。でもホラーでもないよね……。やっぱりSFだよね。え、最初からSFを書くつもりだったのかって？　いや、まあ、その……

バラは赤くなければいけない。そう、真っ赤な、真っ赤な、真っ赤なバラだ。

コズロフ書記ははっきりとそう言ったわけではないが、彼の話を聞いた者はみなそのように理解した。もちろん書記自身もそういうつもりなのは言うまでもない。

何しろ、同志ブレジネフがソヴィエト連邦共産党書記長に就任してから（しかも、就任当時はまだ党中央委員会第一書記という古めかしい名称だった）、もう十八年になる。齢《よわい》は七十五に達し、春には心臓発作で倒れたという噂が流れている。いずれにせよ時間の問題なのだ。国葬の際、どの国でも見られないほど美しい真っ赤なバラがクレムリンを埋め尽くし、弔問に訪れた各国の代表が同志ブレジネフの偉大さを改めて思い起こすようでなければならないのだ。

ばからしいと言ってしまえばそれまでだ。たかが葬式のバラで国家元首の威厳を示すなどと、田舎のおばあちゃんでも考えつくものか。二十一世紀まであと二十年もない。お姫様や王子様が舞踏会で着飾ることが国家の威信につながった時代はもうとっくの昔に終わったのだ。知らないのか？　だが、式典関係のあれこれを任されて長たらしい肩書きを帯びたコズロフ書記は、偏執的に「赤旗のように深紅のバラ」にこだわっていた。彼がバラの数として「百万本」という言葉を口にする瞬間、それを聞く者は内心、ははあ、なるほどと思うのだ。あれだ。あの流行り歌が、この働き過ぎで融通の利かない政治局員の脳内、眉間に厳しく縦じわが刻まれた石頭の中でも、ぐるぐると回っているのだ。

あれは恋の歌じゃないか。フィーリンは真面目そのものといった顔で頷いたが、心の奥底で毒づいた。バカかと思う。恋する女に全財産をはたいて百万本のバラを贈るという、今まさに流行真っ盛りの歌謡曲だ。それがどういうわけかコズロフの脳に刷り込まれて、変なふうに華々しい葬式計画に変換されてしまったのだ。

だが、フィーリンがしおらしくそれを聞いていたおかげか、コズロフはこのうだつの上がらない実験技術者の話も聞いてくれた。チャンスをつかんだのだ。コネのコネのコネを駆使してやっと蜘蛛の糸ほどのつながりを作った政治局員に、今度こそ名前を覚えてもらうチャンスを得たのだ。もちろん、この秘密の任務に失敗すれば、フィーリンの名など再びあっという間に忘れられてしまうだろう。

フィーリンは任務の手始めとして、研究所の副部長の家を訪れた。もっともらしい訪問の口実も作ってある。秋の夕暮れ時、休日の前の日だった。副部長が住んでいるのは、中程度の文化人にあてられるそこそこにいいアパートの三階で、フィーリンがそこを訪れるのは初めてではない。不自然なことは何もなかった。

地下鉄駅から十五分ほど歩くと、広場を囲むようにして建てられた高層の集合住宅群がある。年末の映画で茶化されるような、個性のかけらもない近代建築だ。副部長の住む棟の一階に住んでいるのは、糞の役にも立たない教養小説を書く女流作家だ。フィーリンが薄暗い階段を上ってゆくと、踊り場の少し上で男女の二人組に出くわした。

もちろんこの二人は逢引きをしているわけではない。彼らは音楽学校の学生で、二階に住むピアニストの練習を盗み聞きしに来ているのだ。女はフィーリンが通り過ぎても顔も上げなかったが、男は厳しい目つきでこちらを見てきた。若い頃のマヤコフスキーにそっくりな、ハンサムな男だ。対して、彼の目に映ったのは、小柄で青白く、特に美しくもなければ醜くもない男だろう。彼は無関心にフィーリンから目をそむけ、またピアノの音に集中し始めた。

ピアノは漏れ聞こえてくる程度だが、理想に燃えた学生たちにとっては、それもまた貴重な勉強の機会なのだろう。もっとも、下に住む作家と上に住む化学者がどう思っているのかは定かではない。良くてうんざり、悪ければ殺意を抱いているに違いないのだが。

副部長の家の呼び鈴を何度も押したが、誰も出てこない。中からは笑い声やレコードの音楽、食器のかちゃかちゃいう音がかすかに聞こえてくる。パーティをやっているのだろう。一分ほど待って、フィーリンはまたしつこく、今度は誰かが出てくるまでやめないつもりで呼び鈴を押し続けた。すると中から声がして、副部長本人が扉を開けた。中から暖かい空気が漏れ、美味しそうな料理の匂いがただよってきた。

「ああ、君か」副部長は歓迎も嫌悪も示さない、間延びした声で言った。「どうしたの？」

どうしたのじゃないだろう。バカか。俺と顔を合わせたら、言うことは一つのはずじゃないのか？　副部長は比較的害の少ない上司だが、こういう輩《やから》はたいていグズだ。

「申し訳ありません」フィーリンは心底申し訳なさそうな声で答えた。「その、先週お渡しした論文のことで……。その、今日は研究所でお目にかかれませんものでしたから……でも、明日には私は試験場に行ってしまうものですから、その……読んでいただけたかお聞きしたくて」

「ああ、あれね。うん。受け取ったよ。来週は試験場にいるの？　なんで？」

副部長、あんたは優生品種研究所の、通称「お花畑」部門の三番目の責任者に過ぎない。だけど俺は、政治局員の密命を受けて試験場での連続不審死、もしかしたら殺人事件かもしれない件の内密の捜査に行くんだよ。どうです？　ええ？

「まあ、どっちにしてもこの時期には誰か行かなきゃいけないんだよねえ、試験場には。雑用もたまってるし」

ああ、いいよ。雑用だと思ってろ。重要なことには何も気づかないタイプだからな。

「その、試験場で思い出したんですが、あなたはフジヤトフ博士とは親しかったと聞いてますが、先月突然亡くなってしまって、その、私なんかもすごくびっくりしてしまったのですが、実は私はその、学生の頃フジヤトフ博士に指導を受けていたので……」これは嘘ではない。ただ、向こうは覚えていなかっただろうというだけの話だ。「その、何というか、信じられないというか……あんな壮健な方が……。階段から転落したと聞いていますが、それでその、何か事情をご存じなんじゃないかと思って」

「ああ、彼ねえ。そうねえ、最近は会ってなかったからねえ。人生、何が起こるか分からないものだねえ」

そんな人生訓みたいな話がしたいんじゃない。バカか。

「ああ、そうだ」副部長は急に気がついたように、背後の喧騒に振り返った。「今日は友人たちが来てるんだ。いい肉も手に入ったしねえ。もし良かったら」

副部長はちらりと笑みを見せた。ほほう、なかなか気がきくじゃないか。少しは見直してやってもいい。

「論文の話は再来週にしてもらえないかな？　そのくらいの頃にはモスクワに戻ってくるんだろう？　今日は楽しい週末なんだ。悪いね」

副部長が扉を閉めようとした時、奥に令嬢の姿が見えた。が、彼女もこの訪問者を食卓に誘う様子は見せなかった。

糞の役にも立たないぼんくら親子だ。バカか。フィーリンはまた心の中で毒づきながら音楽学校の夢見るバカどものわきをすり抜け、大股に地下鉄駅をめざした。


自宅の近くで運よくパン屋の行列に出くわしたが、行列はなかなか進まず、三十分以上も並び続けた。ガラス戸が開くたびに、レジの横に置かれたラジオの音楽が聞こえてくる。やはりあの曲も流れてきた。百万本の深紅のバラをという、あの歌だ。フィーリンはうんざりして耳をふさぎたくなったが、実際にはそうしなかった。あの曲を聞くたび自分の中にも思わぬ感傷的な気持ちが湧きあがり、その不本意な甘やかさが、もっとこの曲を聞きたいという気持ちに駆り立てるのだ。こうして感情が動かされるのは嫌いだ。感情は事故や天災と同じで、突然やって来ては人生を蹂躙《じゅうりん》してゆく。そんなものに動かされるのはまっぴらだ。フィーリンは自分を軽蔑した。

そのあげく、フィーリンの二人前でまともなパンは売り切れてしまい、べったりした甘いクリームをなすりつけた菓子パンを買うはめになった。このパンは好きじゃない。だが二つ買わざるを得なかった。明日は朝の六時に離陸するトビリシ行きの飛行機に乗らなければならないのだ。今夜も明日の朝もこのくそ不味いパンだ。なぜこんなものを作り続けているのだろうか。頭がおかしいんじゃないだろうか。

翌朝はモスクワの空港で三時間以上待たされ、トビリシの空港では荷物の受け取りに二時間近くかかり、解放された時にはもう正午を過ぎていた。

フィーリンは「バラの町」、すなわち試験場がどこにあるのか正確には知らなかった。トビリシから車で三時間半くらいの、グルジア・ソヴィエト社会主義共和国イメレティ州の「どこか」だ。この国には位置を明かさない秘密の町が幾つもある。規模の大きい研究施設などは、従業員だけではなくその家族や、彼らを顧客とした商店などをまとめて一つの町にしてしまうのだ。核の町、石油の町、映画の町、星の町、等々。中には秘密にする意味が分からない町もあるのだが、お偉いさんたちが決めたことなので、どうにもならない。

幸い、迎えの車はまだ帰っていなかった。型の古い大衆車に寄りかかって煙草を吸っていた眉毛のつながった青年が、フィーリン博士か、と訊ねてきたのだ。中央から来る研究所の人間はみんな偉いものと思っているらしい。博士と呼ばれるのは悪くはなかったが、その部分は訂正した。後になってそこまで偉くないと知られるとばつが悪い。

青年はグルジア語の聞き取りにくい名前を名乗ったが、愛称で呼んでくれというので、セリョージャと呼ぶことにした。フィーリンより四、五歳若い、肉体労働者タイプだ。あまり賢そうではないが、何時間も待たされたことも何とも思っていない様子で、のんびりとした優しい性格であるらしい。フィーリンが出発前に軽食をおごると（これはセリョージャのためというより、空腹が限界に達したフィーリン自身のためだ）、忠誠を誓わんばかりに喜んだ。彼からは疑われずにいろいろ聞けそうだった。

セリョージャの車の後部座席には大きなバラの花束が積んであった。試験場からの贈り物だという。ほとんど単一の品種でできた花束だった。赤というより、茶色に近い、冴えない感じの種《しゅ》だ。フィーリンはその隣に座って、セリョージャの運転にまかせて「バラの町」に向かった。彼らとて「バラの町」の場所をちゃんと知っているわけではない。彼らが知っているのは道と方角と到着にかかる時間だけだ。

「君はいつからここで働いてるの？」

「兵役が終わってからずっとだから、もう四年近いですね」

「それじゃ、前の所長のことも知ってるね？」

「ええ知ってますよ。いい人でした。もう亡くなっちゃいましたが」

「彼は……亡くなる前は……」

どうしたのだろう。頭がぼうっとして質問が出てこない。何かがおかしいと思った次の瞬間、セリョージャが言った。

「着きましたよ」

事態を理解するまでにたっぷり二分はかかった。ここはどこだ？　古ぼけた木造の建物と、あたり一面のバラの花だ。時計を見るともう五時を回っており、空も暗くなり始めている。頭が重い。どうやら車が走り出してから五分も経たないうちに、フィーリンは気絶するように眠りに落ち、気づいた時にはもう試験場に着いていたというわけだった。愕然とするばかりだ。疲れていたのは自覚があるが、まさかこんな失態を演じるとは。まるで自制のきかない子供か動物だ。最低だ。


宿舎には独身の若手職員数名が寝起きしているだけで、あとはみな町に住居を持っているという。その寄宿者数名も、土日の夜は町の食堂で飲食することが多いので、週末には炊事係は来ない。使いたければ厨房は勝手に使っていいとも言われたが、フィーリンは到着した日の夜は若手たちとともに町の飲み屋に繰り出した。歓迎会だという。本当はこういうべたべたした付き合いは苦手だったが、ここで社交的に振る舞って情報を収集するのが上策というものだ。

午後は厚い雲が山間《やまあい》の谷を覆っていたが、日暮の後には雲間から月が見えた。週末には満月といったところだろうか。グルジアの夜は、ソ連の黎明期にこの地で活躍した画家の絵にそっくりだった。奇妙な絵ははっきりと覚えているが、なんという画家だったか、名前は思い出せない。もちろん、そっくりとは言っても、黒いライオンや踊る熊がそこいらへんにいるわけではない。街灯が少ないせいか、空は恐ろしいほど黒く、月は青白く、地面も建物もこげ茶色なのだ。その光景は不気味であったが、引き込まれるような魅力もあった。何か自分の知らない原始の層が動かされるような魅力だ。

フィーリンは一瞬でもそう思ってしまった自分を呪った。誰でも見知らぬ土地へ行けば、何かしら感動したような気分になってしまうものだ。ただの感傷だ。一過性の気分に過ぎない。

ここでも飲み屋のうるさいバンドは、最低でも一時間に一度はあの曲を演奏している。百万本のバラをあなたに捧げるという、あの流行歌だ。

隣のテーブルにいた酔っ払いが試験場のグループに乱入してきて、ワインと干し果実の菓子をたくさん置いて行った。モスクワからやって来た「友人」への歓迎のしるしだという。グルジア人は訪問者は親友のようにもてなし、敵に対してはどちらかが死ぬまで徹底的に戦うのだという。このふぬけた酔っ払いたちが死ぬまで勇敢に戦うところなど、誰が想像できるものか。バカじゃないだろうか。フィーリンは返すものがなく、仕方なくその日持っていた煙草を全てその男に差し出した。

グルジア人と、グルジアに馴染みきったロシア人の絶え間ないお喋りの中から有益な情報を引き出すのは至難の業だった。分かったことは、先代所長も、先々代所長も、技師も、つまりこの半年ほどの間に相次いでおかしな死に方をした三人ともが、誰の怨みも買わなければ陰謀や犯罪に関わりそうもない、特に毒にも薬にもならない、それどころか、居ても居なくてもたいして変わりはないという、手がかりのかけらもない連中だったということだけだった。誰も不審を抱いてもいない。たいして悲しんでいるようにさえ見えない。まあ、毒にも薬にもならん人間の死など、そんなものかもしれない。

フィーリンは途中から記憶がなかった。気がついた時は宿舎の狭い部屋で寝台に転がっていた。朝だ。いや、朝どころか昼に近い。セリョージャから受け取ってバケツに突っ込んでおいた花束に、かなり高い位置から日が当たっていた。信じがたいことだが、もうほとんど昼だ。

別に吐き気はしない。二日酔いではなさそうだった。セリョージャの車で爆睡したにもかかわらず、また死んだように眠ってしまったのだ。グルジアの気候や雰囲気がそうさせるのだろうか。モスクワから来ると、まるで南国の楽園のように暖かい。ここに慣れたら間違いなく怠け者になる。フィーリンは苛立ちながらひげを剃り、顎を切った。いらいらする。一刻も早くこの地の果てから脱出したかった。ただここにいるだけで、同僚に出しぬかれ、出世からどんどん遠ざかっているような気がする。

フィーリンは慌てて外に出た。少し雨が降ったのか、舗装されていない道はどろどろだった。まずは所長に面会して、それから試験場内を見て歩き、話を聞けそうな人間に片端から接触するつもりだった。かすかにバラの香りがする。麝香《じゃこう》と堆肥を混ぜたような、いい匂いのような、臭いような、おかしな匂いも混ざっている。宿舎の周囲には、無造作にバラが植えられ、たいして手入れもされないまま好き勝手に咲いていた。あの寝ぼけた赤い品種だ。フィーリンより少し年長と思われるグルジア人が、バラの茂みをまさぐっては、赤みがかった球体のついた葉を引きちぎっている。グルジア人は作業の手を止めて、聞かれもしないのにこう答えた。

「虫癭《ちゅうえい》だよ。寄生虫が入ってるんだよ。この丸いところの中に」

彼は球体のついた葉をフィーリンに差し出した。

「きれいに見えるだろ？　だけどこれは寄生虫が作ってるんだ。いや、バラの木が寄生虫に作らされてるんだ。これはタマバチだね。寄生虫ってのは侮っちゃいけない。昆虫や動物につくやつなんかは、化学物質を分泌して宿主の行動を操るやつもいる」

グルジア人作業員は、また聞かれもしないのにノダルだと名乗ってきた。

「あんたモスクワから来た人？」

「そうだ。ええと……その、研究棟はどっちかな？　まだ所長に会ってないんだ」

ノダルは隣の建物を指差した。しかし行ってはみたものの、昼前に現所長はつかまらず、午後にようやく会うことができた。生物学者というより、どう見ても国営農場《ソフホーズ》のおばちゃんにしか見えなかった。しかも、表彰されるような模範労働者でさえない、だらけた田舎のおばちゃん以外の何者でもないではないか。所長本人だけではなく、所長室もまた試験場の状況をよく表していた。レーニンの肖像画をかけてあるフックは園芸用の針金と思しきものを曲げて作った自家製で、額縁の裏から不恰好にはみ出している。

「ごめんなさいね、昨日は」所長はでっぷりした身体に似合わない、可愛らしい声で言った。

「迎えに行ったんだけど。モスクワから飛行機が来ないって聞いて、帰っちゃったのよ」

どうも話がかみ合わない。フィーリンがセリョージャの出迎えのことを言おうとしたが、所長は会計係が誰で農場の責任者が誰でという話を一方的にしてきた。が、コズロフ書記の名前を持ち出すと、所長はぴたりと黙った。この独りよがりなおばちゃんで大丈夫だろうかという懸念はあったが、コズロフ書記が「重要な式典のための花」の準備を気にしていると言うと、所長はそれが何を意味するかたちどころに理解した。

「それは大丈夫だと思うわ。秋バラはあまり香りはしないけど、色が鮮やかなのよ。夏の間にためこんだ栄養で咲くの。長持ちするし」

つまり、同志ブレジネフも死ぬなら今がお得というわけだ。

「それはよかったです。それはいいんですが……その」フィーリンはいかにも申し訳なさそうに付け加えた。「同志コズロフが気にしていらっしゃるんですよ。その、つまり、最近、その、何人か亡くなってらっしゃいますよね。立て続けに。その、まさかここの労働条件が悪くなっているとか、そういうことがありはしないかということで……」

「労働条件が悪いですって!?　書記がそうおっしゃったの!?」

「いや、その、そういう説もあるということをお聞きになったようで、気にされているだけというか……」

「たまたまよ！　悪いことって、続くものよ！」

ヒステリーを起こさないでほしい。ここの労働条件が過酷どころか、のんびりし過ぎていてまずいのはひと目見たら分かる。

「フジヤトフ博士は階段で足を滑らせたということですよね。それで、その、先々代のアレンスキー博士は、釣りに行って崖から落ちたとか。それで、その、彼はどうだったんです？　ブルガリア人の技師がいましたよね？」

「ディミタル・ペトロフのこと？　彼は岩場から転落したの。全然異常じゃないわ。半分は山ですもの、この町は」

「だったら、その、いい報告書が作れるよう、協力してください。僕はあちこち見て歩きますけど、いいですよね？　その、ただ見て歩くだけですから」

所長は気色《けしき》ばんで、もちろん結構と挑みかかるように言い放った。言質《げんち》は取った。

いったん宿舎に帰ると、窓が閉まっておらず、テーブルの上に置いておいたメモ帳や新聞が散らかっていた。風が入ったのだ。窓を調べると、外から無造作に厚塗りされたペンキが引っかかって窓が閉まり切っていなかったようだ。幸い部屋は一階だったので、フィーリンは苛立ちながらも外に回り、窓の下の花台に乗って小型ナイフでペンキをこそげ落とした。誰かに見られているような気がしてならなかった。振り返ったが、誰もいない。どうせ俺のこんなばかばかしい作業を物陰から見ながら、バカにしている奴がいるのだろう。こんなくそ田舎からは、一刻も早く脱出すべきなのだ。

誰かに見られている。そういう気持ちはなくならなかった。

何故急にそんな気になったのかは分からない。実際には、何らかの形での監視の目はモスクワのほうが多いのだ。こののんびりとした南国の田舎町では、もしKGBがいたとしても、一日中居酒屋でワインを飲んでるんじゃないだろうか。だがフィーリンは、誰かが常にどこかから自分をじっと見ているような気がしてならなかった。

二日目も結局、たいした話は聞けなかった。みな愛想は良いものの、中央から来た人間に対して言葉を選ぶ様子があるのだ。夜にはまたモスクワから来た友人を歓迎すると言って飲んで歌ってというありさまだったが、連中は完全には心を許さなかった。何しろ、ソヴィエトでは例外的に土着言語の使用が許されている国だ。彼ら同士でグルジア語で話されると、フィーリンは完全にお手上げだった。ロシア語で無難なことを答えつつ、グルジア語であからさまに話を合わせるような場面さえあった。こういう原始的な連中を相手にするのは性に合わない。フィーリンは翌日からはできるだけロシア人の職員を選んで話を聞くことにした。

三日目もなかなか起きられなかったが、フィーリンは重い頭に冷水のシャワーをかけて宿舎を出た。晴れた日は暖かく、モスクワから持ってきた上着は必要ないほどだった。

優生品種研究所は一九三〇年代、この国がまだザカフカース・ソヴィエト社会主義連邦共和国と称されている頃に作られた。当時レーニン勲章を受けた果樹育種家のやり方に倣って、バラの品種改良を進めるために作られた試験場だった。バラは何だかんだ言って需要があり、うまくいけばいい輸出品にもなる。香料が取れれば、高い値で西側に売りつけることもできる。中央の研究所が奉じる思想は政治の動向によって二転三転したが、末端の試験場はいつの時代にものんびりとバラの栽培に明け暮れていた。

広大な敷地に植えられたバラの大半はごく普通に切り花用として出荷され、事実上は国営農場《ソフホーズ》だったが、本来の育種研究も地味に続けられているはずだった。そのはずである。ろくな成果も上がっていないので、本当にそうなのかどうかは分かったものではない。フィーリンの目にはバカの左遷地にしか見えなかった。こんなところで泥臭い畑仕事をするより、モスクワで化学実験をして偉い人の目の届くところで研究発表をしたほうがいいに決まっている。

ただでさえ少ないロシア人職員は、広大な敷地に散らばっていてまったく捕まらなかった。山に向かってなだらかに昇ってゆく斜面には、見渡す限りバラが植えられている。三本から五本の畝《うね》を一つの品種にあてており、畑は色鮮やかな縞模様になっていた。全てのバラが秋にも咲くわけではないというが、思った以上にたくさんの花が咲いている印象だ。かすかにバラの香りが漂う。のんびりしているばかりか、女子供が喜びそうな「バラの園」というわけだ。本来ここは、どんな気候でもよく育つ品種や、高価な香料の取れる品種を大規模に開発するための施設だったはずだ。緯度や黒海からの距離がブルガリアの「バラの谷」とほぼ同一で、気象条件が非常によく似ているため、バラの栽培、育種には最適なのだという。ただ、この「非常に」と「似ている」がどの程度のものなのかは定かではない。いずれにせよ現在はただの「お花畑」だ。バカかと思う。

育種の責任者キリチェンコ博士はもう七十歳を過ぎた老人だったが、特例措置なのか、後継者がいないのか、今でも退職せずにこの仕事をしていた。フィーリンが訪ねると、彼は温室の片隅で、変わったバラ――縁《ふち》が派手に縮れたピンクや、毒々しいオレンジの斑点が入った黄色、花弁が不自然に伸びて百合のように見える紅白の斑等々《まだら》――の剪定をしていた。毛玉だらけの薄いセーターを着て白髪は伸び放題、慈父と狂人科学者の中間のような容貌だったが、会話は至って正常だった。彼の言葉の中から、ここの職員たちの肝心なところでの口の重さの理由が明らかになった。

「廃止論、ですか？　試験場の？」

「まあ、この町全体を失くしてしまおうという話ではないがね。畑に間借りしてるちっぽけな研究施設を廃止して、ただの切り花用の畑にしようという話さ」

「本当にそんな話があるんでしょうか。その、僕はそんな話は聞いたことがありませんが。ずっと中央にいた僕が、ですよ。その、デマということはありませんか？」

「こういうことは案外、トップと末端しか知らないものだよ」

キリチェンコは慎重に進めていた手を止めて顔を上げた。彼はモスクワにいながら何も知らされていないフィーリンに対し、馬鹿にしたようなことは言わなかった。

「前の所長も、その前の所長も、もちろん反対論者だったよ。だけど彼らが相次いで亡くなってしまって、今の所長は日和見《ひよりみ》のようだし、このままでいくと本当に廃止になってしまうかもしれない」

「しかし、試験場をただの国営農場《ソフホーズ》にしてしまって、いったい誰の得になるというんでしょうか。

むしろ、ここの労働者たちにとっては良くないように思えますが」

「確かに、一見その通りだ。ここはまがりなりにも優良な品種の花を産出する地として知られているし、時には新種と称するものを出荷するのだから、労働者の賃金は比較的高い。だがもし他の、そう、中央アジアの産地と同じような扱いになってしまったら、買い上げの価格も低く設定されてしまうかもしれない。そうしたら労働者たちにとっては打撃だ。だけど彼らにしてみれば、ここがただのお花畑になれば、中央から人が来て指図されなくなるわけだからね。腹の底ではそのほうがよほどましだと思っている者は、案外多いように思う。誰もそんな話は表だってしないけれどもね。でも私もここに三十年くらいいるが、そうなってくると、彼らの気持ちも分からないではないんだ」

もしかしたらこれは、ごく単純な覇権争いのようなものなのかもしれない。試験場を存続させたくない人間が、反対論者を抹殺してゆくというような。だが、もしそうだったとしても、「誰がやったのか」という問題は残る。いや、俺がそこまで解明する必要はないだろう。どうもこういうことらしいとコズロフ書記に報告し、少し証拠になるものを提出し、犯人探しはKGBにさせればいいのだ。コズロフ書記は何らかの形で報いてくれるだろう。それでいいのだ。

「では博士は……」フィーリンはやる気持ちを抑えて、つとめて冷静に訊ねた。「その、試験場の将来はどうなるのが理想的とお考えですか?」

キリチェンコはおもむろに腰を上げると、しばらくの間、老いた背中を伸ばしているとも考えているともつかない様子で立ち尽くしていた。

「私個人に関して言えば、いざとなったら年金生活者になって、庭で趣味としてバラの育種を続ければ済む。家はこの町にあるし、妻も妹夫婦も、子供たち孫たちもここに住んでいるし、生活は何も変わらない。だが、育種は膨大なサンプル数の中で行ったほうが面白いことが起こる。蜂は一匹では無力な羽虫にすぎないが、群れになるとまるで知能の高い大動物のように振る舞う。ある種の細菌は、数が一定数を超えると突然毒性を持つ。植物も、時に数の力で面白い変化を遂げることがある。植物同士の間で何が起こるのかはまだ解明されていないが、驚くような変化が一気に起こることがあるんだよ。数が非常に膨大であればね。だからこの規模の試験場がなくなってしまうのは惜しい。だが、いずれにせよ、それを考えるのは私のような末端の老いぼれじゃない。国を担う人々が決めればいいことだ」

くそ爺め。一見思慮深い言葉だが、要するに玉虫色というやつだ。他人の進退に関わりかねない情報を自分から差し出しておきながら、自分はあくまでも安全地帯に留まるという寸法だ。彼が廃止論者か存続派かがはっきりしないと、犯人の見当がつくかどうかも質問できない。下手をすれば、俺もこの爺の保身の道具として使い捨てにされかねない。フィーリンはいったん引き下がることにして、温室を辞去した。時間はあと三日ある。もう一回り聞き込みをして、それからまた探りを入れに来てもいい。

温室から宿舎に戻る途中、フィーリンは必死に考えた。何かが分かりかけている。そう確信があった。「試験場廃止論者が存続派の有力者を始末して歩いている」というのが一番単純な結論だろう。問題は「それが誰か」ということだけだ。

フィーリンは突然あることに気づいて、宿舎への道を走り始めた。舗装もされていない砂利混じりの地面に何度も足を取られながらも、可能な限り速く走った。到着の翌日、所長に会いに行った後のことだ。テーブルの上に置いておいたメモ類が乱れていたのは風が入ったせいではないかもしれないのだ。閉まり切っていなかった窓から誰かが侵入し、フィーリンの持ち物に探りを入れたのかもしれない。「試験場廃止論者たちが存続派の有力者を始末して歩いている」ということだってあり得るのだ。

息を切らせながら宿舎にたどり着くと、フィーリンはあたりに誰もいないことを確認してから、自分の部屋の外に置きっぱなしになっている花台に近づいた。かつては鉢植えなどが飾られていたのかもしれないが、今は何も置かれていない、古ぼけてささくれ立った板切れの集合体だ。あの日は朝方の雨でぬかるんだ道にまだ乾き切っていない場所があり、フィーリンの部屋の前は日向であったにもかかわらず泥だらけだった。誰かが花台を踏み台に侵入したのであれば、足跡が残っているはずだ。少しは何かの手がかりになるかもしれないのだ。

花台の板は二段とも足跡だらけだった。ささくれた板に泥がこびりつきやすかったのだろう。すっかり乾いて色は淡くなり、一見してそうとは分かりづらいが、ちゃんと足跡は残っていた。ほとんどは重なり合い、荒れた状態になっていたが、下段に残された最初の一歩と思われる足跡は標本のようにくっきりと残っていた。

フィーリンはまじまじとそれを見つめた。見たことがある。この靴底には記憶があった。興奮で血圧が上がるのが感じられる。どこだ？　どこで見た？　誰の靴だ？　思い出せ。俺はそんじょそこらのバカどもとはわけが違うはずだ。

次の瞬間、解答がひらめいた。何かが頭の中で爆発し、フィーリンは思わず花台を蹴り倒した。

「畜生！　バカか！　まったく！」

どうりで見覚えがあるはずだ。それは自分の靴だった。窓枠のペンキをこそげ落とすためにここへ上がり、さんざん踏みにじったのは自分ではないか。ペンキの削りかすもあちこちに落ちている。もしその前からつけられた足跡があったとしても、フィーリン自身がそれを踏みにじってしまったのだ。

侵入者があったのか、それとも本当にただ風で紙類が飛ばされただけなのか、もう分からなかった。警察かKGBなら窓や窓枠の指紋を取るだろうか。だが、ここは園芸試験場だ。軍手なら全員が持っている。どうせ指紋の採取なんて、糞の役にも立たない。

思いがけずやって来た興奮が急速に引いてゆき、目の前が真っ暗になった。足に鈍い痛みが走り、フィーリンはバランスを失ってぶざまに尻餅をついた。が、誰かが後ろからそれを支えてくれたらしく、地面に叩きつけられるのだけは避けられた。俺は気を失いかけたのだろうか。暗い。目の前が真っ暗だ。いや、視界の一部は変な具合に明るい。

「大丈夫ですか？　横になったほうが楽かもしれない。寝かせますよ」

聞き覚えのある声と、フィーリンが普段吸っているのよりはるかにきつい煙草の匂い。仰向けに横たえられたフィーリンをセリョージャが覗き込んだ。貧血か何かで目が見えなくなったはずだが、セリョージャの顔はおぼろげながら見えた。

おそらく数分かかっただろう。フィーリンは事態が飲み込めてきた。視界が暗いのはフィーリンに原因があるのではなかった。日が暮れていたのだ。セリョージャは日没後に宿舎の前を通りかかった時、道端に立ち尽くすフィーリンに気づいて声をかけたが反応がなかったので、何かおかしいと思ったらしい。後ろから名前を呼びながら肩に手をかけると、そのままセリョージャのほうに倒れこんできたのだという。

まだ鈍ったままの頭で考えた。フィーリンは自分が立ったまま三時間ほど、いや四時間近くも気を失っていた、あるいは一種の昏睡に陥っていたのだという結論に達した。そう、車で眠ってしまった時や、昼近くなっても目覚めなかった時のようにだ。

固くなって痛む身体をほぐし、どうにか起き上がったが、セリョージャはまだ心配そうにフィーリンを見ていた。まるで身内を案じるような、飼い主を見つめる忠犬のような、心の底からの愛情だ。フィーリンは自分がいつになく無防備な状態になっていることに気づかなかった。制御できない大きな波のようなものがやって来て、暖かく心地よい水底にさらってゆく。そんな感じだ。

「すまない。その……いや、もしかしたら、犯人の手がかりがあるかもしれないと思って……」

「犯人？　犯人って、何のことです？」

「犯人を捜さなきゃいけない……その、前の所長たちの事件のことで。何とかしなきゃいけないんだ……」

「事件なんて、何もありませんでしたよ！　大丈夫です。心配しないでください。大丈夫ですから！」

突然呪縛が解けたように、フィーリンの意識ははっきりと焦点を結んだ。苛立ちと怒りが湧きあがった。俺は何故あんなことを言ってしまったのだろう。バカじゃないだろうか。事件などなかっただと？　これほど異変が続いているというのに。やはりこいつも、糞の役にも立たない見た目通りの薄のろなのだ。

フィーリンは一人になりたかったが、近くを通りかかった作業員に見つかってしまい、また居酒屋に行くことになった。宿舎の食堂は今夜も夕食は作らないとのことで、行かないわけにはいかない。何より、やはり情報収集だ。私情を押し殺して仕事を全うしてこそ、秘密の任務に抜擢された甲斐があるというものだ。

居酒屋でやかましいバンドがあの百万本のバラの歌を演奏するのを聞きながら、フィーリンは、明日は町外れの香料蒸留工場に行かなければと考えた。今日行くつもりだったが、例の夕刻の異変で予定が消し飛んだのだ。明日こそ、何としてでも行かなければならない。

居酒屋に着いてから気づいたが、セリョージャはいつの間にかいなくなっていた。


一人の画家がいた。

彼は女優に恋をする。だが、貧しい画家は彼女に差し出せるものが何もない。彼は小さな家と自分の絵を売り払い、ありったけのバラを買う。女優の泊まるホテルの窓から見渡せる広場を、百万本の深紅のバラで埋め尽くす。女優はそれを見る。が、女優は間もなく列車で次の巡業地に向かってしまう。二人のそれぞれの心に残ったのは、ただ百万本のバラの思い出ばかりだ……。

バラの茂みの中で、フィーリンはふと足を止めた。

一瞬、また自分がどこにいるのか分からなくなった。そうだった。俺はあの毎日毎日繰り返されるだらけた飲み会から抜け出して、早めに宿舎に帰るところだ。まだ真夜中にはなっていない。そのはずだ。やはり調子が悪く、頭がぼうっとして情報収集がままならないので、今夜は早めに引き上げることにしたのだ。試験場の廃止問題について、こちらの意見を述べないまま上手いところ彼らの考えを抜き出すつもりでいたが、頭が働かないのだ。

フィーリンはいらぬ考えに囚われた。モスクワの同僚たち、上司たち――ことにあのくそいまいましい副部長――なら、そんな器用な真似はお前にはできないだろうと考えて、陰で笑うだろう。表立って俺をバカにすることはないが、いつだってそうやって陰で笑っているのだ。奴らは何も分かっていない。俺はただ就職割り当てでたまたま貧乏くじを引いただけで、本来ならアカデミー入りの出世コースを歩いているはずの人間なのだ。お前らとはわけが違う。間もなく俺は、この知性と党に対する忠誠心とで、本来のあるべき立場を取り戻すのだ。

だが……フィーリンは何かがおかしいことにすでに気づいていた。俺はなんだってこんなバラの茂みにいるんだ。今日の居酒屋から宿舎までは一本道のはずだ。なのに何故、こんな茂みの中にいる？

そこは切り花用の畑とは違い、畝もない野生の茂みのようだった。気がつくと、ズボンの膝の横や袖口がほつれ、手の甲にみみず腫れのような傷がついている。痛い。バラの棘でついた傷だ。何故気づかなかったのだろう？

月はほぼ真上に昇っていた。バラはその青白い光の下で無造作に咲いていた。色はよく分からないが、赤かオレンジのような、やや濃い色のようだ。人間の網膜は明るさが充分でないと、まず色、それから形の認識が難しくなる。つまり、形が分かる程度の明るさの場合、色が分からないことがあっても不思議ではないのだ。満月程度の明るさは、ちょうど色の認識ができるかできないかの境目であるらしい。こういう科学的知識は常識として身に着けておくべきだ。暗いところでの幽霊話や神話めいた体験談は、往々にしてこうした科学的認識の欠如から生まれる。

あたりにはバラの香りが漂っていた。思いのほか強い。そして、あの麝香と堆肥を混ぜたような匂いも感じる。そして、すこしばかり尿のような匂いがしなくもない。誰かが茂みで立小便でもしたのだろうか（バラの木の間でズボンのファスナーを下ろすとは、何とも勇気のあることだ！）。バラの香り自体がさわやかというより、煮詰めた強い香料のようで、いくらか不自然さを感じる。そこにあの奇妙な有機性の匂い。臭いとは思ったが、実はそれほど不快ではなかった。臭いけれど何となく嗅ぎたくなる匂いだ。言ってみれば、あれだろう、惚れた女の股の匂い。そんな感じだ。

フィーリンは足を止めた。

誰かに見られている。あたりを見回すと、右手の後方に小さな明かりが三つ見えた。フィーリンが宿舎の目印にしている街灯に違いない。だが彼はまた何となく茂みの奥へ歩を進めた。頭の中にはあのバラの歌が流れ、何とも言えない感傷が渦巻いている。悲しかった。登りたくもない崖をよじ登り、空回りの努力を続けるのはもううんざりだ。このまま花の香りの中に埋まって姿を消してしまえれば、どんなに幸せだろう……

フィーリンははっとして立ち止まり、両手で自分の頬を叩いた。しっかりしろ。宿舎に戻れ。慣れない環境で体調が悪いところに酒が入り、流行歌のうすっぺらい感傷に引きずられただけだ。歌っているのがソヴィエトで最も人気のある女性歌手であることの影響力も大きいだろう。流し目が上手い、脚のきれいな女。彼女の前に跪《ひざまず》くのはどんな気分だろう。

フィーリンは必死に考えた。感情が動くままにしておいてはいけない。考えなければ。理性的に。そもそもあんなばかばかしい状況があってたまるか。バラが一本五十コペイカだとしよう。百万本買えば、五十万ルーブルだ。しかし花は季節によって価格が変動する。それが真冬で、バラが一本一ルーブルしたらどうなる？　百万本買えば百万ルーブルだ。ましてや、品種は問わないとしても、色を深紅《アールイ》と指定するとしたら、百万本も集めるのならかなり割高になるのではないだろうか？　それを輸送し、広場に敷き詰めるための輸送コストや人件費もかかる。一本につき二ルーブルや三ルーブルで済むだろうか？　貧しい画家がちっぽけな家と自分の絵を売って作れる額ではない。俺の給料が百ルーブル、父親、つまりモスクワの重要な医療施設の長は二百五十ルーブル、人気のある役者でさえ百二十ルーブル程度、統計局の発表にごまかしがなければ、ソヴィエト市民の平均月給が百七十ルーブル前後だ。地方ならば、二万ルーブルもあれば立派な一軒家が建つ。家と絵を売って最低でも五十万ルーブルになるほどの個人財産を持っているソヴィエト市民など、いるはずがない。バカかと思う。そんな金になる絵が描ける画家だったら、とうにソヴィエト連邦功労芸術家の称号くらいは持っているはずだ。それだけの名誉と金があれば、たかがどさ回りの女優など、バラなど贈るまでもなく思いのままだろう。

俺は気が狂いかけているのだろうか。左手の前方、茂みの中に誰かが立ってこっちを見ている。月の光の中で、その男の髪や服の色などははっきりしない。が、その輪郭や目鼻立ちははっきりと見える。やっぱり俺は狂いかけている。どう見てもそれは、不審死をしたうちの一人、先々代所長のアレンスキーだ。

そこから先の記憶はなかった。が、フィーリンはいつも通り、昼近くなってから宿舎の自分の部屋で目を覚ました。特に体調に異常はなく、頭ははっきりしていた。状況は異常だが、自分の頭がおかしくなりかけているとは思えない。「気が狂う」以外の、もっとまともで論理的な説明はあるだろうか。最初に頭に浮かんだのは「催眠術」という言葉だった。誰かが俺を陥れるために催眠術をかけていると？　バカバカしい。どこが論理的だ。睡眠薬を飲まされた？　歓迎といって差し出されたワイン、この町にいる限りどこで食べても同じ工場で焼かれているパン、宿舎の水道、朝食のオレンジジュース……疑おうとすれば全てが怪しかった。しかし、もし食品に混入されていたとしても、昨日のように昼食から何時間も経ってから突然効き始め、立ったまま眠ってしまうような睡眠薬などあるわけがない。

人が聞けば、やはり「頭がおかしい」という結論にされるかもしれない。誰にも言うわけにはいかなかった。この国では、奇妙な理由で収容所送りにされることがままある。一度でもそういうことになれば、研究者としての人生は台無しになってしまうだろう。

昼食時、食堂を預かっているオセット人の母子から、実は所長や技師ばかりでなく、グルジア人労働者も亡くなっていると聞いた。名前は知らないが、畑での作業中に原因不明で倒れてそのまま亡くなったのだという。グルジア人でも、廃止反対派はいるかもしれないし、もっと複雑な立場もあるかもしれない。どこかでその作業員のことが聞けないかどうか試してみる価値はある。いずれにしてもその前に、香料の蒸留工場に行かなければならない。ロシア人の女性研究員が一人、そこにいるはずなのだ。

香料の蒸留工場は宿舎から四十分ほど歩いたところにあった。大型農業用車両の古いガレージを転用したものらしく、この試験場の中でも冷遇された部門であることが見て取れた。物音はしなかったが、建物の外にもベンゼン系の芳香が漂っている。フィーリンは吸っていた煙草を慌てて放り出し、踏み消した。火気厳禁の表記はどこにも見当たらない。いいかげんにも程があるだろう。

開け放しになっている扉から中を覗きこむと、照明はついておらず、広く取った窓から自然光が差し込んでいるだけだった。誰もいない。機械類も稼働していなかった。もう昼休みではないはずだ。中はがらんとしていて、フィーリンにとっては見慣れた化学実験の道具類が少々と、金属製のタンクが三つ、隅の方には小型の金属コンテナがいくつかあった。ベンゼンと表記されている。ここは「香料蒸留」工場と呼ばれているが、実際には、より生産性の高い溶剤抽出が行われているということだ。芳香とも刺激臭ともつかないものが漂っているが、さほど強烈でもない。溶剤抽出タンクさえ、今では使われていないということだろうか。

工場を通り過ぎると、棟続きで鉄筋の小さな建物が併設されていた。どこからか、テレビからラジオの音がする。部屋は三つしかなかったので、音がどこからやって来るのかはすぐに判った。短い廊下の突き当たり、ガラス戸の向こうは事務室になっており、そこに白衣を羽織った若い女性が一人、大きな帳簿らしきものに何かを書きこんでいる。小さなテレビがつけっぱなしになっていた。あの人気歌手がブラウン管の中でバラの歌を歌っている。

彼女が香料部門のロシア人研究者、エレーナ・イワノワだった。化粧っ気はまったくなく、まっすぐな金色の髪を無造作に後ろで一つに束ねているだけだったが、かなりの美人だ。フィーリンは名乗った後にコズロフ書記や本部の上司たちの名前を出してみせたが、彼女はにこりともしなかった。場末の末端研究員のくせに、いい度胸だ。フィーリンは調査する相手に手の内は見せないつもりでいたが、少しずつ促されるうちに何もかも話してしまった。いや、いいだろう。彼女になら話してもいいだろう。きっと味方になってくれる。きっとそうだ。有能な助手の存在はあってしかるべきだ。プライベートでも助けになってくれればなお望ましい。論理的だ。

「あなたが何を言いたいのかは分かってるわ」イワノワはフィーリンがいくらも話さないうちに、少し苛立った様子で言った。「要するに、廃止論者が反対派の前所長たちを抹殺したとでも言いたいんでしょう？　分かりやすく単純化したい気持ちは理解できなくもないけど、でもね、ここ半年のことだったら、グルジア人の作業員も何人か亡くなっているのよ」

「それも知っている。だからこそ、その、何が起こっているのか知りたいんだ」

「試験場全体では、四千人ほどの人口があるわ。毎年誰かが死に、誰かが生まれ、誰かが転出し、誰かが転入するわ」

「だけど、しかし、しかし、その、少なくとも四人は奇妙な死に方をしている。しかも、そのうちの三人は、その、廃止反対論者で、地位も高い。おかしいと思わないか？」

イワノワは椅子の背に身を預けて腕を組んだ。

「同志フィーリン、あなたは試験場の存続を望んでいるの？」

「いや……僕はその、中央の人間だから……。その、末端の事情についてはあまり関知してなくて……しかしその、近年のここの生産性と研究成果のバランスを考えれば……まあ、国からの出荷割り当てが削減されない方向で解決するのが、やっぱりその、一番望ましいかなとは思うね。その、ここの労働者たちのことも考えれば」

何かを言っているようで、実は何も言っていない言葉だというのは自分でも気づいていた。当然だろう。試験場の成果についてのデータはまったく知らない。

「あなたは切り花の出荷のことしか頭にないようね。一つ教えてあげるわ。身動き一つできない植物が捕食者から自分を守るために、どうしていると思う？」

高飛車な上、子供だましな質問だ。何というかいけ好かない女だろう。

「進化の過程で、その、例えばその、棘などの有益な機能を発達させてきた」

「人間などの大型の生物にはそれで有効でしょうね。でも、昆虫や細菌には、棘なんか何の役にも立たないわ。植物の本当の敵は、鳥類や哺乳類より、昆虫と微生物よ。植物がそれらから身を守るために身につけたのは毒よ」

「ああ、植物性アルカロイドか」

「その通り。麻薬や医薬品、暗殺用の毒、狩猟用の毒、麻酔薬の類は、どれも十九世紀に化学合成が始まるまで、ほとんどが植物から採れたアルカロイドだったわ。昔の煎じ薬や薬草のお茶は、実は迷信的な気休めじゃなくて、実際に薬効を持っていることが多いの。今でもアジアで使われている漢方薬の一部には、化学的医薬品よりも強力な作用を持っているものがあるわ。香りもそう。ラベンダーの香りで気持ちが落ち着くとか、オレンジの香りで元気になるとかいうのも、気休めじゃない。実際にそういうことが起こるのよ。大げさに言うと、香りで生物の行動を変えているのよ。ブルガリアから技術者に来てもらったばかりで、ようやく精度の高い香料抽出ができるようになるかと思ったのに、こんなことになってしまって……。彼はこの町に仮埋葬になっているけど、祖国に身寄りがないとかで、その後ブルガリア政府も何とも言ってこないわ。どこの政府の人間も、香料の研究なんて、零細な軽工業の問題でしかないと思っているのよ。

分かるかしら？　植物の化学的研究はもっと発達するべきなのよ。私たちがバラと呼んでいるあの園芸品種については、毒性がないということになっているから、かえって誰もその微量成分を研究しようとしないのよ。ここをただのお花畑にしてしまうなんて、とても愚かなことよ。育種なら個人でもできるでしょうけれど、植物性アルカロイドの研究は、国家が取り組むべき課題よ。成果によっては、莫大な国益をもたらすわ。そもそもバラの町を秘密都市指定にしたのも、最初は何か志があったはずよ」

フィーリンは愕然とした。まったく考えてもみなかったことだ。それにしても、何という聡明さだろう。グルジアに来て初めて出会った、まともに話の通じる、俺と釣り合った女だ。いけ好かない女という評価は取り下げてやってもいい。彼女はこんな場末には似合わない。容姿も、知性もだ。

「分かった。それも、その、コズロフ書記に報告しておく。いや、むしろその、君が中央に来て働きかければ、その、要するにその、僕が口添えをしさえすれば、モスクワの本部のポストがどうにか……」今はまだはったりに過ぎないが、コズロフ書記のお覚えがめでたくなれば、絶対にあり得ないことではない。「その……なると……思うんだけど……」

「結構よ。どっちにしても、私、来週いっぱいでここを辞めるの」

「どうして!?」

「レニングラードのアカデミーに移るのよ。先月結婚したんだけど、夫がレニングラード州ソヴィエトの議員だから、私が移動するしかないの。まあ、ここやモスクワの弱小研究所にいるより、レニングラードから政治局員に働きかけたほうが効率がいいから、私には不満はないわ。夫も協力的だし」

後ろから不意打ちで殴られるほうがよほどましだった。フィーリンは呆然としたまま、近郊の集落で亡くなったというグルジア人の名前のメモだけを受け取って工場を後にした。メモには二つの名前があった。つまり合計で五人になるということだ。

目指す集落は十キロほど離れていたが、近くの集荷作業場で車を借りることができたので、移動は楽になった。帰りはそのまま宿舎まで乗って行っていいという（そのうち誰かが取りに行けるだろうから、といういいかげんな理由だそうだ）。

考えろ、考え続けるんだ。考えない人間はバカだ。フィーリンは遊びの多すぎるハンドルを握りながら、自分に言い聞かせた。確かに、イワノワの言う通り、試験場の廃止問題にこだわらないほうがいいかもしれない。帰納的にではなく、演繹《えんえき》的に考えるべきだ。それが科学者としてのあるべき姿だ。でも仮説を立てること、手がかりを整理すること、そしてそれらを立体的かつ有機的に……

タイヤを轍《わだち》に取られ、フィーリンは慌ててブレーキを踏んだ。何なんだこの車は。手入れのかけらもない。気がつくと、太陽はだいぶ傾き、夕日の色合いを帯びている。でこぼこの田舎道の左手には原野が広がり、右手は間の空いた森だった。運転席の窓から顔を出して、手で夕日を遮りながらあたりを見回したが、人の姿もなければ一軒の建物もない。バラの畑もなかった。ただ、道沿いに自生した赤いバラがちらほらと咲いているだけだ。宿舎のまわりにもあった、あの寝ぼけた色合いの赤い品種だ。バラの香りと、堆肥と麝香の匂い。

腕時計を見ると、もう五時半を回っていた。おかしい。俺が蒸留工場を出た時にはまだ三時過ぎくらいだったはずだ。道を間違えたにしても、こんなに何時間も気づかずに運転しているなどということがあり得るだろうか。幸い、ガソリンはまだたくさん残っているし、道は一本道だ。フィーリンは苦労の末どうにか車をUターンさせて引き返した。

こまめに時計を確認しながら時間が飛んでいないことを確認する。ただの田舎道とは言うものの、モスクワ近郊とは植生がまったく違い、フィーリンにとってはほぼ未経験の山道だ。得体の知れない不安が襲ってくる。見慣れたものといえば、あの赤いバラだけだ。これだけあれば、百万本どころではない、クレムリンも赤の広場も覆い尽くすことができるかもしれない。だが、この花はきっと出荷されないだろう。形がだらしなく、大きさもばらばらで、見栄えがしない。何よりも、色が赤というよりはレンガ色で、クレムリンの外壁や石畳に溶け込んでしまい、みすぼらしくて目も当てられない。結局、そうなのだ。環境に適応して強く自生する種より、半剣弁高《はんけんべんこう》芯咲き《しんざ》だかガリカだかダマスケナだか知らないが、温室で育てられた特別な一輪が脚光を浴びるのだ。

走り始めてから五分ほどで民家が見えた。道沿いにぽつりぽつりと正方形の家が建っている。何故かは分からないが、フィーリンは突然、あることに気づいて、車を走らせながらも胸ポケットから一枚の紙切れを取り出した。さっきエレーナ・イワノワからもらったメモだ。彼女は不審死したグルジア人二名の面倒な名前を記憶していたようで、何も見ずにそれを書いて寄越したのだった。一人はセルゲイ・ニコロゾヴィチ・シャヴダトゥアシヴィリ、もう一人はユーリ・ヴィサリオノヴィチ・ラバーゼだ。セルゲイ……セルゲイ・ニコロゾヴィチ・シャヴダトゥアシヴィリ。間違いない。いかに負け犬とはいえ、フィーリンも研究者の端くれだ。数日前に聞いた名前を跡形もなくきれいさっぱりと忘れてしまうほどバカではない。これはセリョージャ、少なくとも、フィーリンをトビリシから試験場まで送った人物が名乗った名だ。

グルジアに来てから体調がおかしいのは、気分の問題ではないかもしれない。大規模なバラの栽培、バラに含まれているかもしれない未知のアルカロイド、国家単位で取り組むべき課題、放置された研究、試験場をめぐる怪しげな動き……。何かが一つの形に納まった。

バラから採れる薬物、仮定するなら、外国に売れば恐ろしく金になる麻薬をここで秘密裏に作っている者がいるのかもしれない。転落死や原因不明の死は、いかにも意識喪失を伴う薬物を連想させる。俺をおかしくしているのもそれなのだろうか。しかし、最初に自称セルゲイ・ニコロゾヴィチ・シャヴダトゥアシヴィリの車に乗った時すでに異変は起きていたのだ。

いくら車を走らせても、日が傾くばかりで景色は変わらなかった。もし試験場から時速四十キロで二時間半、つまり百キロほど離れてしまったのだとしたら、このあたりで試験場への道を訊ねても誰も知らない可能性がある。何しろ、いちおうは秘密都市扱いなのだ。しかし、自分がどこにいるのかは知っておくべきだ。十軒ほどの家が固まっている集落を見つけて車を止める。フィーリンが車から降りて呼びかけると、ほとんどの家から人が出てきた。グルジア語だ。駄目でもともとと思って試験場への道を訊ねたが、ロシア語がまったく通じない。が、「試験場」という言葉を繰り返すうちに、何人かがそれを理解したようだった。みな同じような方角を指差し、またグルジア語をまくしたてる。道を教えてくれようとしているのかもしれないが、原野をまっすぐ突っ切る方角を指差されても、彼ら同士の間では通じるのだろうが、どうしようもない。

そのうちフィーリンにも理解できる言葉が出てきた。キリチェンコの名前だ。女たちの中には泣き出す者もいた。まったく理解できない。モスクワの交換所経由で試験場に電話をつないでもらうことを思いついたのとほとんど同時に、埃だらけのトラックがフィーリンのすぐ後ろに止まり、丸顔のグルジア人青年がロシア語で話しかけてきた。

「本部？　あんた試験場の人？　ここから二十分くらいだよ」

ということは、俺は本部からさほど離れてもいない道をぐるぐると回っていたのだろうか？

「今行くところだから、後ろからついてきてくれれば案内するよ」

青年はそう言いながら親指でトラックの後方を指した。ありがたい。フィーリンは青年に頼み込んでトラックに乗せてもらうことにした。またいつ意識がなくなるか分からないからだ。青年はフィーリンをむりやり引っ張りこむようにして助手席に乗せると、トラックを急発進させた。

「悪いね、乱暴で。でもちょっと急ぐんだ。どっちにしたって間に合いはしないんだが……」

「間に合うって、何に？」

「あんた聞いてないの？　キリチェンコ博士だよ」

「博士がどう……」

フィーリンが言い終わらないうちに、青年はかぶせるように言った。

「亡くなったんだよ。昼過ぎとか聞いた。それで俺、知らせて歩いてたんだよ。みんな、あの先生は大好きだったしさ。俺も子供の頃から好きだったよ」

数秒の間、フィーリンは彼が何を言っているのか理解できなかった。キリチェンコが？　亡くなった？　前日にはあんなに元気だったのに。しかし——嫌な考えが頭に忍び込んだ——また足を踏み外して事故死、あるいは原因不明というのではないだろうか。

ズラブと名乗った青年が聞いた限りの話では、温室のすぐそばで倒れていたのを発見されたという。倒れているところを発見された、怪我はない、ただそれだけだ。

自称セルゲイ・シャヴダトゥアシヴィリか？　あの男は本物の「セリョージャ」なのだろうか？　双子の弟あたりを身代りに立てて死んだふりをしているのか？　それとも死人の名前をフィーリンに騙《かた》ったのか？　フィーリンはふと気がつき、ズラブにセルゲイ・ニコロゾヴィチ・シャヴダトゥアシヴィリという男を知っているかと訊ねた。もはやグルジア人が信用できるかどうかなど考えている場合ではない。

「知ってるよ。幼馴染だし、親友だった」ズラブから聞き出した特徴は、あのセリョージャとことごとく一致した。「本当に死んだのかって？　おかしなこと聞くね、あんた。うん死んだよ。葬式にも出たし、棺も担いだよ。……そんな疑ったような顔して見ないでくれ。だけど、うん……そうなんだ、なんか、死んだ気がしなくてね。棺桶の中のあいつの顔を見てても、なんか幻みたいな気がして。棺桶の前に立ってる俺の隣にあいつがいて、俺を慰めてるみたいな気がした。そっちが本物みたいな……いや、分かってるよ。そんなの幻覚だって。ただ、あいつは死んでないって思いこみたいだけなんだろうけど、でも本当に死んだんだよ……もうすぐ着くよ」

気が狂いそうだ。試験場本部に着く頃には、すでに夕日は山の尾根に隠れてしまっていた。間違いだったと言ってくれ。フィーリンはすがりつくような気持ちでそう思った。キリチェンコは死んでいないと言ってほしい。倒れたが息を吹き返したと。誰でもいいからそう言ってほしかった。自然に涙が流れたが、フィーリン自身はまったくそのことに気づいていなかった。

ズラブとともにトラックから走り出ると、宿舎の前に二十人ほどの人だかりができていた。ホールと娯楽室の明かりがすべてつけられ、建物の中にはまた何十人もの人々がいた。みな呆然としている様子だ。ある者はすすり泣き、ある者は仲間と小声で話し合っている。ある意味ではありがちな光景だったが、何かがおかしい。

娯楽室では一番大きなテーブルの上にバラが飾られていた。真ん中にちょうど人ひとり寝かせるくらいの空間を空けて、その周囲に大量のバラが敷き詰めてあるのだ。そのほとんどは、いくらでも摘んでこられるあの雑種めいた赤いバラだった。しかし、フィーリンとズラブを驚かせたのはそのことではなかった。テーブルの中心にあるべきもの、つまりキリチェンコの遺体がなかったのだ。

ただの空きスペースの周囲にバラが積まれているばかりだ。しかし人々は、そのことにまったく気づかないかのように、すすり泣き、ささやきかわしている。

フィーリンとズラブは顔を見合わせた。異様な光景だった。テーブルの向こう側に所長の姿を見つけ、フィーリンが話しかけようとしたのと同時に、ズラブが押し殺したような悲鳴をあげた。彼は目を見開き、震える手で何かを指差した。窓のほうだ。フィーリンには何も見えない。ズラブがまた声にならない声をあげたが、誰もこちらを見ようとさえしない。フィーリンはもう一度、ズラブが指差す方向を見た。見えた。窓のすぐ外、室内からの明かりを受ける場所に、見間違うはずもない、はっきりとキリチェンコ博士の姿が見て取れた。

フィーリンは考えるまでもなく走りだし、宿舎を飛び出した。月が見える。あと一日、二日で満月だろう。宿舎を回りこんで娯楽室のほうに向かう。頭が重い。まずいかもしれないと思う間もなく、フィーリンの記憶は途切れた。

どれくらい時間が経っただろう。気がつくと、フィーリンはバラの茂みの空き地に横たわっていた。目覚めはよく、頭はとてもすっきりしている。頭上の月はいつの間にか満月になっている。が、フィーリンはもう、それをおかしいとも思っていなかった。

風が吹き渡り、茂みをかすかにざわめかせた。少し肌寒く感じはしたものの、それがむしろ心地よかった。月を包むヴェールのような薄雲が流れてゆくのを見ていると、自然とため息が漏れた。大気には濃厚すぎるバラの芳香と、あの臭いような、心地よいような、もうすっかりお馴染みのものになった動物性の匂いが漂っている。感覚は恐ろしいほど研ぎ澄まされているが、その刺激の一つ一つが気持ちよかった。

しばらくの間、ただそのまま横たわっていたが、やがて誰かが上からフィーリンを覗きこんでいることに気づいた。キリチェンコだ。そしてその隣に立っているのはセリョージャだった。

「やあ、起きたね」キリチェンコは嬉しそうに言った。「君は来てくれると思っていたよ。そういうタイプじゃないように見えても、きっと君は来ると思っていた」

「この間は驚かせてすまなかった。そんなつもりじゃなかったんだが」

そう言ってフィーリンが半身を起こすのを手伝ったのはアレンスキーだった。キリチェンコは、口を開こうとしたフィーリンをおどけた仕草で制して言った。

「これがどういうことか聞かないでくれ。何しろ、私たちにもよく分からないんで、説明はできないんだ。ただ、何と言ったらいいいんだろう。私たちはただ、バラを育てたかったんだ。こいつらをね」

キリチェンコは両腕を広げて見せた。フィーリンがアレンスキーとセリョージャの助けを借りて立ち上がると、月光の下に果てしなく広がるバラの原野が見えた。百万本どころではない。その何倍、いや何十倍ものバラだ。

そうだ。ここはこの間歩いたところだ。色は月光の下ではは っきりとは認識できないはずだが、フィーリンにはもうそれがどの種なのか分かっていた。あの見栄えのしない赤いバラだ。あの独特の匂いは、この花から立ち上っていた。いつにもまして強く、身体に染みこみそうなほどの濃厚な匂いだ。だが、フィーリンはもうそれを少しも不愉快だと思わなかった。もう全てを理解したからだ。むしろ胸いっぱいに吸いこみ、思う存分満喫したかった。

バラの持つ未知のアルカロイドは芳香を通じて生物、特に人間に影響を与えていたのだ。芳香は麻薬と同様に脳内物質の組成を変え、感覚や記憶に異変を生じさせる。そして人はいつの間にかそれに対して中毒のような状態になり、この花をもっと増やしたい気持ちになるのだろう。寄生虫が宿主の行動を変えるように。誰かが開発した種なのか、一定数以上の同種の個体がそろった時に起こる異変なのか、もう誰にも分からないだろうし、もはやそんなことはどうでもいい。

「僕は君より、ノダルやズラブのほうが早くこっちに来ると思ってたんだがね。彼らはもう漠然と気がついているようだし」

そう言ったのはフジヤトフだった。

その隣に立っているのはペトロフだ。いくらか外国語の訛《なま》りのあるロシア語で、少しためらうように言った。

「エレーナももしかしたら、レニングラードには行かないかもしれない」

そうかもしれない。

彼らの後ろには、背の高い中年の女性やそばかすの少女、格闘家のような体格の青年など、フィーリンがまったく知らない人々がいた。が、彼らもまた、仲間なのだ。

「まあ心配することはないよ」セリョージャが初めて会った時に見せたのと同じ笑みを見せた。「生活は何も変わらないから。いつも通り家に帰って寝て、起きて食べて仕事をしてるだけだから。ただ、周りがみんな僕たちを死んでいると思ってるだけで。でもみんな、僕たちがいつもすぐそばにいるって、本当は心のどこかで分かってるんだけどね」

フィーリンももう、何も疑問に思っていなかった。いずれは誰もがこっちに来るのだろうから。薬物の感受性には個人差がある。同量を投与しても、効果には違いが出る。ただ、投与量を増やしていけば、いずれは誰もがこっちに来る。

しかし、この顛末を外の人間が知ったらどう思うだろう。ばかばかしさのあまり、怒りすら感じるのではないだろうか。こんなバカなことがあってたまるかと思うだろう。バカにされたとさえ思うのではないだろうか。もしこの件についての報告書があったら、みなそれを床に叩きつけ、こんな結末があってたまるかと怒り狂うに違いない。

フィーリンは笑い始めた。可笑しかった。可笑しくてたまらなかった。愉快だ。きっとみんな怒り狂うだろう。ざまあみろだ。笑いが止まらなかった。

みながフィーリンにつられて笑い始めた。たまらなく愉快だ。もうどうしようもないくらい幸せだった。フィーリンは仲間たちと抱き合い、肩をたたき合い、涙を流しながら、心ゆくまで笑いころげた。

モスクワ緊急医療センター所長のアレクサンドル・フィーリン氏は、グルジアでの息子の葬儀の後、不思議とさっぱりとした様子でモスクワに帰ってきた。客死した息子は母親のそばに葬ってやるつもりだったが、本人の最後の望みに従って「バラの町」に安置することにしたという。心臓発作だったらしいのだが、まだ若くて体力があったためか、この町に埋葬してほしいという走り書きを残して亡くなったのだ。

普段は恐ろしいほど現実主義的な父フィーリンが「棺に横たわる息子は幻で、私の隣に立って肩を抱いて慰めてくれた幻覚のほうが本物みたいな気がした」と言うのはひどく違和感があり、哀れを誘ったが、それで本人が心の平安を得られるのならそれでいい。みながそう思った。

政変の予感で浮足立ったクレムリンではコズロフがつまらないことで失脚し、ブレジネフの葬儀の際にクレムリンを深紅のバラで埋め尽くす計画は実行されなかった。

# 小ねずみと童貞と復活した女

二〇〇九年、伊藤計劃という天才作家がわずか三十四歳の若さで夭逝した。その衝撃は大きく、いまだに忘れられない。作家としての活動はたったの二年間。しかしその間に残した二篇のオリジナル長篇はどちらも非常に高い評価を受け、『虐殺器官』は第28回日本SF大賞候補、遺作『ハーモニー』は第30回日本SF大賞を受賞している。

未完の遺稿は冒頭の三十枚ほどであったという。これを同時期にデビューした芥川賞作家円城塔が書き継いで完成させたのが『屍者の帝国』（二〇一二年、河出書房新社→河出文庫）だ。これは完成してみれば四百ページを超える大作となり、ほとんど円城による創作と言えるが、伊藤のわずかな遺稿に残された設定を生かし切った、まさしく両者なくしては生まれなかった傑作である。時は十九世紀末。人類は死体に疑似霊素を注入してそれなりに自立行動できる「屍者」を作る技術を得てから百年ほど経っている。今や屍者たちはそれぞれ用途別のプラグインをインストールされ、兵士や労働者として、世界各地で使役されている……

この世界観を共有し、いわゆるシェアードワールドもののアンソロジーとして企画されたのが、大森望編『NOVA＋　屍者たちの帝国』（二〇一五年、河出文庫）だ。執筆者は宮部みゆき、藤井太洋、津原泰水等、豪華だが、筆者もその末席にお招きいただいた。そのために書いたのが本作である。翌年、『年刊日本SF傑作選　アステロイド・ツリーの彼方へ』（創元SF文庫）に再録された。

本作の舞台は十九世紀末のペテルブルク。『屍者の帝国』では、ロシアが非常に重要なファクターなので、その首都の屍者を描いてみようと思ったのだった。ロシアで死体蘇生と言えば誰もが思い出す（独断）のはアレクサンドル・ベリャーエフの『ドウエル教授の首』だ。『屍者の帝国』ではドストエフスキーネタもフィーチャーされていたんだから、私もやりたいし。だったら『白痴』だ。『白痴』って、主人公の知能に関して言えば構成が『アルジャーノンに花束を』と同じなんだよね。そうそう、高校生の頃、たまたま同時期に両方読んで、混ぜたら面白そうと思ってたんだよね。ていうかアレをやるならコレもやりたい。コレをやるならソレもやりたい、いやどうせならあんなのとか、そんなのとかも……

『カラマーゾフの妹』（二〇一二年）から『翼竜館の宝石商人』（二〇一八年）の間、筆者は、自分自身も含めて家族、親族が次から次へと大きな病気をし、急激にやってきた両親の介護と看取りに翻弄されていた。長篇の執筆は、いわば長期的な精神の出張と言えるが、その出張が全くままならない時期だったのだ。特に本作を書いたのは母の死と父の死のちょうど中間で、リアルな死と直面していた頃だった。長篇が書けない鬱憤を一身に背負わされたような本作への思い入れは強い。

ネットで本作の評判を調査した友人によれば、評価は絶賛かこき下ろしかに二分されていたという。ぬるく容認されるより賛否両論の方がいい。おそらく、本書中もっとも評価が分かれる作品なのではないかと思うのだが、果たしていかがだろうか。

「次の間へ通じる扉の上の壁に一枚の絵が掲げられていた。それは、いま十字架から降ろされたばかりの救世主を描いた絵だった。ロゴージンは、急にその絵の前に立ち止まった。

『この絵を眺めるのが、好きなんだ、おれは』。一瞬黙ってから、ロゴージンはぶすっとした声で言った。

『この絵を眺めるのがだって！』ムィシキンは、ある思いがけない考えにはっとして、叫ぶように言った。」

ムィシキンは、ロゴージンは死体が好きなんだ、という「思いがけない考え」にはっとしたのである。

そして、小説の最後には、その家に、正教の教会から逃げ出した花嫁衣装を着たナスターシャ（正式にはアナスタシーヤで、「復活」という意味の名である）が、ロゴージンのナイフに刺されて死体となって横たえられる。

——中村健之介『ドストエフスキー人物事典』『白痴』の項より

心が引き裂かれるような狂変だって？　何の話だ？　ドストエフスキー気取りか？

——アンドレイ・タルコフスキー　映画『惑星ソラリス』

女を殺した。

ちょうど二年前だ。

それはこういうふうに起こった。俺は話が下手なのでうまく説明できないかもしれないが、最後まで聞いてくれ。

俺はパルフョン・セミョーノヴィチ・ロゴージン。事件の発端はその半年ほど前、まだ冬のことだ、俺はペテルブルクの街中である女を見かけて惚れこんだ。金持ちの地主の愛人で、ナスターシャという女だ。齢は二十代の半ばかそこらだが、もう十年だったか、だいぶ長い間地主の囲い者をやっていたというすごい女だ。それがまた、男なら皆惚れずにはいられないような上玉なんだ。ただ、性格は恐ろしくきつい。毒々しいほどだ。だがその気の強さの中には、何かこう、放り出せないような、かばってやらなきゃならないような何かがあった。そういう女だ。

俺は親父から預かった商売の金でその女に耳飾りを買って送り届けた。当然だが親父は怒り狂って、本当に殺されそうになり、俺はプスコフの叔母のところに逃げ込んだ。件《くだん》の耳飾りは、後で親父が女にみっともなく平身低頭して回収しやがったらしい。

それから何週間かして、親父が突然ぽっくりと逝ってしまうと、俺は汽車でペテルブルクに戻った。十一月の終わり頃だ。その汽車の中で、スイスの精神病院から帰るところだという貧乏公爵と知り合いになった。それがムイシュキン公爵だ。公爵は俺と同年くらい、つまり二十六、七で、何年か前までまるっきり白痴同然だったという。それでスイスの精神病院にやられて、どうにか治って、やっとロシアに帰ってきたというのだ。

どういうわけか俺たちは友達のようなものになり、やがてはあの女を取り合って敵になり、十字架を交換して義兄弟になった。公爵はいっときは良家の令嬢アグラーヤと婚約したが、やはり最後にはナスターシャの元に走り、パヴロフスクの教会で結婚式をあげることになった。

こう言うと公爵は節操のない冷淡な女好きに聞こえるだろう。だが、奴ほど冷淡とは程遠い人間もいない。奴は何ていうか、言わば場違いな聖人だったんだ。白痴の聖人だ。人を愛そうとして愛しきれず、人を救おうとして手に余り、善意でポカをやらかし、善良過ぎて低俗な人間に劣等感を抱かせる、そういう男だ。

話が分からないって？　それは俺の説明が下手だからじゃない。起こったこと自体、訳が分からないことだから仕方がないんだ。さらにすごいことに、ナスターシャはこれからムイシュキン公爵との結婚式が行われるっていう教会の前で突然当の公爵を捨てて、俺と一緒にペテルブルク行きの汽車に乗った。花嫁衣装のままで、だ！　どうだ？　訳が分からないだろう？　俺も何が何だか分からないまま、無我夢中でゴローホヴァヤ街にある俺の家に女を連れていった。古ぼけてだだっ広い、陰気で薄気味悪い、いかにも俺に似つかわしい俺の家だ。

その夜、ナスターシャを殺した。狩猟用のナイフで心臓のところを刺した。肉に刃物が食いこんでゆくあの感触は忘れたくても俺の手から離れない。今もだ。肉が切れてゆく感触……俺はもう元の俺には戻れない。

翌日の夕刻、公爵と俺はまるで待ち合わせでもしたかのように落ち合って、二人で俺の家に戻った。俺はナスターシャの屍体を見せ、ナイフを見せた。いずれ誰かに見つからないわけがない。

俺たちはその時まで、二人でこの哀れな女のそばにいてやろうと決めた。訳が分からないって？　分からなくて結構だ。それが俺たちの望みであり、俺たちがそうしようと決めたんだ。

そこから先は覚えていない。俺は脳炎か何かになったらしく、それから何週間も高熱で寝こんで、記憶がない。しかし当然だが、あの場には警察が踏みこんできて、女の屍体は回収され、俺は病院預かりで逮捕されたらしい。公爵は……可哀想に、発見された時には元の白痴に戻っちまってたらしい。奴は親切な金持ちが後見人についてくれて、また元いたスイスの精神病院に送られたという。

その事件がちょうど二年前、ペテルブルクがくそ忌々しい白夜で覆われる、七月の半ばのことだ。

何故俺は死刑になっていないのかって？　死刑どころか、俺は無罪放免となった。何故だと思う？　驚いたことに、俺の裁判にあの女が出廷してきたんで、殺人事件自体がなかったことになったんだ。

ナスターシャは陪審が協議に入る直前に、ケルン教授という外国人の医者と一緒に法廷にやってきた。法廷は見世物小屋のような騒ぎになって、判事は休廷を宣言しようとして必死にわめいたが、ケルン教授は時間がかかると証人の身体が保たないからと言って続行を要求して、裁判は続けられた。見世物小屋はこうでなくちゃな！

女は間違いなくナスターシャだった。事件後、ペテルブルク中で肖像写真が奪い合いになって、誰もが見知っている顔だ。女は堅苦しい高襟のついた、後家さんのように地味な黒いドレスを着て、今にも消え入りそうな弱々しい声で喋った。曰く、「皆さんは誤解していらっしゃいます。あれは殺人ではなかったのです。私は自殺を図ったのでした。自殺は未遂に終わったのですが、私は今までケルン教授の病院で療養しておりましたので、ロゴージンさんはそのことをご存じなかったのです。彼の自白は、私の不名誉をかばうための偽証です。この方は、私の罪をかぶろうとしているのです」ときた。

女が生きていて自分でそう証言したのだから、もう仕方がない。俺は逆転無罪となった。それどころか、一部の噂雀《うわさすずめ》たちの間では、俺は命がけで姫君を守る高潔な騎士の扱いになった。まったく勝手なもんだ。ついこの間までは、高位貴族と娼婦と金持ち商人の泥沼情事の扱いだったんだが。

裁判が終わった頃にはすっかり秋になっていた。俺としては、英雄扱いより、忘れてくれたほうがよほどありがたい。幸い、ほどなくして俺たちは忘れられた。都会には刺激的な噂の種が山ほどある。

無罪で釈放された後、俺はケルン教授に連れられて、屍者製造を行う彼の研究所に行った。屍者はロシアじゃさほど普及していないから、これについても説明が必要だろう。屍者とは言わば、動いて労働する屍体だ。死というのは、科学者によれば、生者から「霊素」という物質が失われるために起こる現象だという。霊素が抜けていったん死んだら、さっきまで人間だったものは屍体になってしまう。だったらそこに、人工の疑似霊素を上書きすればいい、というわけだ。もちろん、それで蘇った屍者はまるっきり元の人間というわけにはいかない。言わばただの動く屍体だ。だが、その屍体の脳にいろいろな「エンジン」だの「プラグイン」だのを書きこんでやれば、屍者はその通りに動くようになる。まあ要するに、屍体を動く人形みたいにして召使いや労働者にするという話だ。

迷信深いロシアでこんなものがそうそう流行るわけもないが、ロシアは今、シベリアの鉄道や鉱山、トルコやフランスとの戦争、社会主義者つぶしと、生きた人間だけじゃとうてい人手が足りない時代だ。そこで政府はかなり無理矢理、屍者をロシアでも生産し始めた。その業務を皇帝陛下から一手に託されたのが、このお雇い外国人、ケルン教授というわけだ。

話が前後して悪いんだが、俺がこの研究所に初めて足を踏み入れた時のことも話しとかないといけないな。ナスターシャを刺した直後、俺は防腐剤を買うためにこっそり街に出た。その時たまたま行き着いたのが、ケルン教授の研究所に付属した二十四時間営業の薬局だったというわけだ。

さすがに屍者を扱っているだけに、そこには性能のいい防腐剤があった。俺は、葬式までに少し時間が空いてしまう故人がいるんで、遺体をきれいに保ってやりたいんだと言って、最新式の防腐剤を売ってもらった。

というわけで、裁判後にここに来たのは二度目の訪問ということになる。

「ロゴージンさん、あなたは覚えていらっしゃいますか？　初めてここにいらっしゃった時のことを？」ケルン教授は、乾ききった指先で机をコツコツと叩いて言った。「あなたのご様子は尋常ではありませんでした。埋葬が先送りになった故人がいるとあなたはおっしゃいましたが、当研究所は、このあたりの葬儀の情報は日々把握してありますので、それが嘘であることはすぐに判りました」

「あんた課報部《オフラーナ》か？」

「私は屍者業務に関係する情報収集を許されているだけです。政治に関わるつもりはありません。まあそれはともかく、あの日私は、これは近々近所から警察のご厄介になる遺体――おそらくは女性の――が出てくると予想したのです」

「つまり、俺が人殺しだと見抜いたってことか？」

「有り体《ありてい》に言えばその通りです。しかし同時に、あなたはただの殺人者ではないとも分かりました。一般に殺人者は、我が身の安全を最優先にし、次に考えるのが被害者の遺体の隠蔽です。しかしあなたは、私や研究所員たちに顔を見られることを恐れなかっただけではなく、金には糸目をつけないから、一番いい防腐剤を売ってくれ、屍体をきれいなまま保ってやれるやつを、と、訴えるような目で言われた……。私は思うところあって、私が開発した最新型の薬剤をお渡ししました。そして所員にあなたの後をつけさせて家を特定し、それなりのコネクションを使って、第一陣の警察と一緒にそこへ行ったのです。あなたはその時にはもう高熱で朦朧としていたので覚えてはいらっしゃらないでしょう。

　死後にも数日間は霊素の一部を停留しておけるケルン221剤のおかげで、アナスタシア嬢のご遺体は、夏場にもかかわらずかなり良い状態に保たれていました。しかし心臓を刺されていたので、胴体は使い物にならなかった……。普通の屍者にするのでしたらそれでも構いませんが、私が目指しているのはそういうことではない。あの朝ちょうど、幸運にと言ってはいけないのでしょうが、ペテルブルク郊外で列車事故が起こって、何人もの遺体が警察の遺体安置所に運ばれてきました。アナスタシア嬢と年恰好の近い、ほぼ無傷の身体もありました。そこで私は、今まで動物実験でしか成功したことのない、ある手術を行いました。その成果がこちらです」

そう言ってケルンが連れてきたのが、あのナスターシャだったのだ。

ナスターシャはナスターシャのままだったが、そのままのナスターシャではなかった。あの女は、首から下は別人になっていたんだ。身体は少し太めで背も低く、骨太な体つきになっていたが、顔はナスターシャのままだ。ナスターシャでない身体にナスターシャの頭をつないでできた復活したナスターシャなんだ。

屍者は喋ったり、自分の意思で動いたりはしないし、生前の性格特徴なんかもなくなってしまうというが、ナスターシャは喋るし、以前の記憶もあれば、本来のあの女らしいところもちゃんとある。分かるだろうか？　また訳の分からないことを言って済まないが、実際そうなんだから仕方がない。

あれ以来、あの女は俺と一緒にこのゴローホヴァヤ街のだだっ広い屋敷に住んでいる。弟は呆《ぼ》けたおふくろを連れてモスクワに移った。庭番と召使いたちは、教授が手配した屍者だ。つまり俺は、動く屍体や復活した《アナスタシア》女と一緒に暮らしている。俺は悪い仲間と飲み歩くこともなくなり、ナスターシャとただ黙って一緒に座ったり、本を読んだり、日に何度か短い会話をする。あの女は詩や小説を好んだが、俺はそういうのはたいして好きになれなくて、主に歴史書や新聞を読んだ。科学の本も読んだ。今の俺なら、白痴どころか実はけっこう頭が良かった公爵とも、もうちょっとまともな話ができただろうに。

年に何回かはケルン教授がやってきてナスターシャの具合を見てくれる。俺もたまに教授の研究所に薬を取りに行く。その他に俺が出かけるところと言えば、海くらいだろうか。俺はたまに、ネヴァ川の河口からバルト海を見にゆく。ただ見にゆくだけだ。

海は黒々として、時に縮れたようなさざ波が立ち、得体の知れない粘液でできているように見えた。薔薇色がかった銀の粒のようなきらめき。物質的に高い稠密《ちゅうみつ》性を持った霧、橙色の太陽の下《もと》、インクを流したように黒い海が、ところどころ血のような照り返しに光っている。……笑わないでくれるか？　俺も本を読むようになって少しは賢くなったし、言葉も覚えた。

「あたしはいったい、誰なのかしら？」

ナスターシャは時々、思い出したように言う。あの燃え上がるような苛烈さはもう無いが、答えにくいことを聞いてくるってあたりは、基本的には変わらない。この女がそんなことを言うのは無理もない。何しろ、首から下は他人の屍体だ。ケルンのところからいろいろな薬品が手に入るのはいいんだが、俺はあいつが液体窒素を飲んで自殺しちまわないか気をつけた。

死といえば、去年の秋、ムイシュキン公爵がスイスの病院で死んだという噂が流れてきた。ちょうど裁判から一年ってとこか。俺にはもう人づきあいなんかないんだが、それでも、噂っていうのは屍臭のように漏れ伝わってくるもんだ。

ナスターシャに話してやると、あいつは「そんなはずがあるもんですか」と言って、悲しげに首を振っただけだった。首を振るのはやめてほしい。つなぎ目が取れるんじゃないかと思うと、気が気じゃない。

あいつにはおふくろが残していった、おふくろや叔母が若かった頃の古着を着せている。肩幅がきつくて腰回りなんかはぶかぶかなんだが、こいつを仕立て屋に連れていくのはどうにも気まずいんで、悪いと思いながらもそうしている。ただ、ありがたいことに、うちの女どもの服はどれも、いわゆる「慎ましやか」というやつで、胸元《デコルテ》や腕を丸出しにしない形のやつばかりだった。それを着せておけば、どう見ても屍体の色をした肌や、ごく僅かずつだが日々確実に腐ってゆく胴体も、あまり見なくて済む。首のつなぎ目だけは隠しきれないのが難点だが、あれはむしろ、俺が見慣れるべきなんだろうな。物言わぬ屍者の召使いたちには慣れたが、ナスターシャはそういうのとはまた別な何かで……ああ、俺は何というひどい奴だろう。

「あたしが誰であったとしても、いい子ではないからね」

あいつはふと思いついたように言う。

「お前が俺と同じじゃないってのは本当だ。だけどな、お前が俺より劣ってるってことじゃない。その反対かもな。そのおかげで、その、お前は死ななかったわけだし」

「つまりあたしは不死身ってこと？」

「さあな。何にしても、お前は俺より死からずっと遠いところにいるしな」

実際はその逆じゃないのか？　ナスターシャは、頭は一度死んで生き返ったナスターシャで、身体は他人の屍体だ。だけど、何て言ったらいいんだ？　生き返るっていうのは、ただ生きているのよりずっと活力が要ることじゃないのか？　あの霊素ってやつか？　あれがたくさんあったら生き返るんだろうか。

そういう実験はもう科学者たちがやっている。人が持つ霊素は〇・七五オンス。死ぬ時にそれが身体から抜ける。死んだ後にそれを足せば、屍体は屍者となる。が、どうやら霊素というやつは、〇・七五オンス以上は上書きできないらしい。屍者にそれ以上ぶっこんだところで、何も起こらないと言う。では生きている人間にそれをやったらどうなるのか？　やっぱり何も起こらないらしい。いやちょっと待て、それが分かってるってことは、生きている人間で人体実験した奴がいるってことじゃないのか？　まったく科学者ってやつは狂ってる。多分、人殺しの俺や売女《ばいた》のナスターシャや白痴の公爵より、もっとずっと狂ってる。

しかし――これから先は、科学で言うところの「仮説」ってやつだが――もし屍体に〇・七五オンス以上の霊素を上書きすることが可能だったら？　その時、人は屍者になるのではなく、生き返ったりしないだろうか？

分かるわけがない。俺程度の頭で考えすぎても、目眩がして体調が悪くなって、古傷が痛むばかりだ。馬鹿は損だ。情けない。俺はケルン教授からもらった鎮痛剤を飲んで寝た。痛みの自覚がなくても今夜は必ず飲むようにと言われていた薬だ。

事件からちょうど二年後の白夜の夜だ。

＊

けーかほおこく　一　　三がつ○にち

ケルンせんせいがぼくにおこたことおかいておきなさいていった。あとでやくたつからとケルンせん生はいいました。ぼくはレふ・ニコラえビチ・ムイシュキンとう名まえです。ケルンせんせいのてつだいの本おはこんだりしてはたらいている。ぼくは二じゅう八才だです。ぼくははたらいています。ケルンせんせいのてつだいの本おはこんだりしてはたらいている。ぼくはあたまがよくなるくすりおちゅうしゃしてあたまがよくなたら。もっとケルンせん生はぼくにいろいろおしいてむずかしいこともできて分かるようになる。はやくあたまがよくなたい。テストおいっぱいしてつかれたけどたのしかたです。

けーかほこく　よん　　三がつ×にち

ケルンせん生はぼくとテストをするねずみをみしてくれた。白いねずみです。名まいはアるじゃノンていうなまいです。あるジーノンはめいろおいろいろしてもみんなできる。ケルンせんせいがつくるとアルジャのんはめいろおしてうまくできます。こなあたまがいいねずみです。すごいとおもた。アるじゃのんはあたまがいいのはすごいで、ぼくもはやくあたまよくするくすりであたまがよくなたらねずみよりめいろできてすごくなります。はやくあたまがよくなりすように。

けいかほうこく　七　　三がつ△日

ちうしゃはいたくなかた。あたまがぼーとするになったけどねて、おきたときにだいじょうぶなりました。これはかがくのためにすごいとケルン先生はいいました。せかい中のあたまがわるくてかなしい人ほみんなあたまをよくするができたらかがくのすごいことになっていいです。ぼくわそのためにけいかほおこくをかく。

けいかほう告　九　　三月□日

ケルン先生が、あたまをよくするのに、べんきょうを、たくさんしなくてはいけない、と言った。あと、おもい出したこととかを、かくことも、いいことだと言いました。ぼくはまえに、ロシアというくにに、いました。ぼくは、ロシアで生まれました。さむいところです。いろんなことが、あたまの中で、わーんとなってて、かけれない。もっとあたまが良くなったら、かけると、ケルン先生は、言いました。シュナイダー＝ドウエル先生は、ずっとまえに死んでいる。ぼくは、びっくりしました。かなしいです。

経過報告　十五　四月◎日

ぼくは毎日べん強をしている。もう迷路のきょう争でアルジャーノンには負けなくなった。思い出すのも増えてきた。僕は何年か前にロシアに行って、ロシアでは友だちがいた。ケルン先生は思い出すのはむりにあんまりやらないほうがいいと言った。頭がいたくなるからだ。あんまり頭がいたくなると、またばかになってしまうだろうか。とってもこわい。

ケルン先生はぼくに、研究所の外に出てはいけないと言う。シュナイダー＝ドウエル先生やケルン先生の研究をぬすもうとする悪いやつらが、世の中にはたくさんいて、ぼくがさらわれないようにと言うのだ。ぼくは昔よく見に行った滝や村を見に行きたいけれどがまんする。ぼくは楽しいことより、科学や世の中のためにがんばる。

経過報告　十八　四月▽日

研究所にはものすごくたくさんの本があって、ヨーロッパ中から雑誌や新聞が届くので、僕はたくさんのことを勉強している。歴史のことや、科学のことや、プーシキンや、シェイクスピアだ。まだ難しいと思う本が多いけれど、昨日分からなかったことが今日には分かったりするのが面白い。

でも僕はまだ、自分のことがよく思い出せない。昔は知能が低すぎたから、その頃の記憶がないんだと思う。思い出しそうな気もするけれど、頭がごちゃごちゃになってしまってよく思い出せない。

今日もケルン教授と知能の検査をした。ほとんど普通らしい。教授は外国に行っていることも多いので、その間に僕は本をたくさん読んでいる。普段はフランス語で生活しているが、ロシア語が分かるようになった。

経過報告　二十三　五月◇日

どうやら僕の知能は正常になったらしい。ケルン教授はもう少し経てばもっと良くなるとおっしゃったが、僕としてはこのくらいで充分だと思っている。いろいろなことが分かり過ぎるのは辛い。

山々の緑や残雪、夕映えを見、ひばりの啼《な》き声を聴いていると、突然、やり場のない孤独に襲われることがある。この世は終わりのない宴、日々続く祝祭だが、そこに僕の居場所はない。子供の頃から憧れていたが、この祝宴に僕の席はないのだ。

病院はかつての僕のような病者ばかりで、話し相手がいない。僕の友人はアルジャーノンだけだ。僕の家名ムイシュキンの語源はロシア語の「小ねずみ《ムイシュカ》」だが、そのムイシュキンの友人が小ねずみ《ムイシュカ》だというのは、あまりにもよく出来過ぎていて、自分でも笑ってしまう。病者たちは友人ではないと書いたが、僕は彼らを軽蔑しているわけではない。その逆だ。僕は彼らの役に立ちたいのだ。僕の実験が成功すれば、彼らも皆、僕のように知性を回復できるだろう。同じ経験を共有した僕たちは、きっと良い友人になれるはずだ。そうすれば、世の人々は今度こそ僕を受け入れてくれるだろう。僕の発作はもうとうに起こらなくなっているが、正直に言うと、あの強烈な懐かしさを伴った法悦感を失ったことに一抹の寂しさはある。しかし今は、そんなことを言っている場合ではないのだ。

科学の進歩によって、僕も世界という饗宴に加わることができるのだから。

経過報告　二十七　五月☆日

信じられないことだが、今日はシュナイダー＝ドウエル教授に会った。ケルン教授からは、彼は私がロシアに出発した直後に実験中の事故で亡くなったと聞かされていたが、何と言ったらいいのだろう、教授はある特殊な形で生きておられたのだ。

そのことを書く前に、私は自分自身への覚え書きとして、少しシュナイダー＝ドウエル教授の来歴と、私自身との関わりについて語ろう。書くことは思考の補助になるからだ。

シュナイダー＝ドウエル教授はアメリカ出身の脳科学者で、ヨーロッパ各国への留学の後、若いうちに幾つもの学位を取得し、母方の祖国であるスイスにご自分の研究所を設立された。医学界に影響力の強いドイツ語圏での信頼を得るため、ヨーロッパでは母方の姓であるシュナイダーを名乗っていたという。シュナイダー＝ドウエル教授の専門は知能の研究だが、霊素や人体蘇生についてはより専門的な知識を必要としたため、屍者の専門家であるケルン教授を共同研究者としてお迎えしたのだった。

かつて成人後にも六歳児程度の知能しかなかった私は、後見人パヴリーシチェフ氏の厚意によって、先進的な知能研究を行っているというシュナイダー研究所付属病院に入院することになった。パヴリーシチェフ氏の死によって経済的援助は中断されたが、両教授は私費で私の入院費用を賄《まかな》って下さったのだ。やがて、両教授の研究の成果である試薬が私に投与され、私の知性は向上し、試験的にロシアに帰国することとなった。二年前の帰国というのは、この時のことである。

しかし私の知能は八か月程度しか維持されなかったようだ。今なお記憶に曖昧なところはあるが、私は友人による殺人事件――これについてはまだ辛すぎて書くことができない――による精神的な過負荷か、もしくは試薬の効果の限界か、まだ特定されていない理由によって急激に知能を失い、再びこの研究所付属病院に戻ってきたのだ。

悲しいことに、私がロシアに出発した直後、シュナイダー＝ドウエル教授は実験中の事故で亡くなってしまった。ケルン教授はその後をついで研究所と病院を運営しておられるが、亡き共同研究者への敬意を表して、名称をシュナイダー研究所のままにしているのだという。

この病院で亡くなった患者は、宗教、宗派を問わず研究所の広大だが監視の行き届いた敷地内に埋葬されている。それは、骸《むくろ》泥棒に遺体を盗掘され、屍者として転用されないためだ。ケルン教授は自らも屍者製造に携わっておられるからこそ、このような高邁な配慮がなされるのだろう。もちろん、シュナイダー＝ドウエル教授も研究所の美しい墓地庭園で安らかに眠っておられる。私もいつかはここに葬られることになるのだろうか？　それとも、再びロシアの寒空に旅立つのだろうか？

話を元に戻そう。そう、シュナイダー＝ドウエル教授のことだ。

今日、私はある特別な実験室に連れていかれ、重大な秘密を知ることとなった。厳重に隔離されたその研究室には、ケルン教授以外の者、助手たちや病院の職員も入ることは許されていない。当然、私もそこに入るのは今日が初めてだ。極めて清潔に保たれたその部屋には、見たこともないような機械や薬液、複雑な化学装置から成り立つ……いや、こういう言い回しはもうよそう。

肝心なことを先延ばしにしたい気持ちはある。書いてしまうのが怖いのだ。しかし、そんなことをしても意味はない。はっきり書こう。部屋の中心にあったガラス板の上には、人工血液や代謝管理のバルブが接続されたシュナイダー＝ドウエル教授の首があったのだ。私は教授と目が合い、直ちにそれが生命と意思を持つ存在であることを認識した。あの事故の直後、ケルン教授が通常の屍者生産技術を数段進歩させた独自の手法を用いて、シュナイダー＝ドウエル教授の頭脳を死から呼び戻すことができたのだという。

あまりにも驚きが大きすぎて心の整理がつかない。詳しいことは明日以降、落ち着いてから書くことにする。

六月[redacted]日

これからは、本物の経過報告は自分の記憶にだけ納めておくことにする。ケルンに対しては、知能は平均程度を超えないように偽装している。報告書も二重帳簿化するのだ。彼は投薬開始から三か月を過ぎても私の知能がさほど伸長しない理由を科学的に追究しているが、まさかその原因がこんなところにあろうとは思い至らないようだ。所詮屍者相手の研究にしか能のないケルンは、人心に無知で人間観察が行き届かず、感情や情動の影響を過小評価している。そこが彼を二流研究者たらしめる弱点であろう。

シュナイダー＝ドウエル教授との衝撃的な再会以来、私は彼の「お世話係」を務めている。ケルンは私の役割を「被験体管理補助」としているが、それはシュナイダー＝ドウエル教授と私に対する軽蔑の顕れと言っていい。彼にとって我々は実験動物に過ぎないのだ。アルジャーノンのように。

シュナイダー＝ドウエル教授の首に発声する能力がないというのは嘘だった。気道に接続された空気バルブの調整によって、教授は話すことができる。私はケルンのいない間に教授からたくさんの驚くべき事実をうかがった。教授の死因は事故ではなく、ケルンによる殺人であったことや、ケルンの研究が不老不死を目指していること、外国に置いた屍者製造機関で複数の屍体を接合して意識のある屍者を製造したらしいこと、そして、私の死亡届が出されていること等だ……

もう一つ気がかりなことがある。アルジャーノンの様子がおかしい。

六月●日

教授はあまり体調――この場合、体調と言うべきなのだろうか――が良くないようで、眠っている時間がだんだん増えている。私はずっと疑問に思いながらも、教授本人には質問できないでいたことがある。それは、彼も夢を見るのだろうか、ということだ。

もちろん脳がある以上、人は脳が本来持つ機能を保持しているだろう。しかし、身体を完全に失った者は夢を見るのだろうか？　思考は身体的知覚のみならず、心理的な自己像からも多大な影響を受けるものだからだ。

「昨夜、夢を見たよ」

私の内奥の疑問を察知したかのように、教授は不意に言った。

「夢、ですか……？」

私は幾分かの動揺を見せてしまったように思う。そして自分でも意外な答えを口にした。

「私も一昨日夢を見ました」

「それなら、互いの夢を交換しようじゃないか。面白そうだ。

私の夢はこんなだった。私はこの首も棄て果てて、脳だけの存在となっていたんだ。私の脳は培養液で満たされた透明金属の小さな箱に収められていて、その箱は磁力のビームで空中を移動したり、人工視覚や人工聴力でものを見たり、人と会話をしたりもできる。そして、私には聡明な赤毛の冒険家と、金属製の屈強な人造人間、合成樹脂製で姿を変えられる人造人間の仲間がいて、彗星のような乗り物で宇宙を駆け巡って冒険をするんだ。宇宙中の悪い奴らを退治して、それはもう痛快だったよ」

「それはすごいですね……！　私の夢はもっと悲しいものでした。私は海辺の小さな家に住む学者でした。私は知的で正しく、清らかで、家族がいて、小さな息子がいて、友人がいました。しかしある日、世界を破滅させるような戦争が起こってしまって……私は神と契約を結んで魔女と不貞を犯し、家族を棄て、奇矯の振る舞いをし、家を焼くのです」

「不思議な夢だな。それでどうなったのかね？」

「病院の人たちが迎えに来ました。私はやっぱり精神病院に入れられるのだと思います。最終戦争はなかったことになりました」

教授はゆっくりと瞬きをした。まるで首だけで頷いているように見える。

「君はそれをどう解釈したのだね?」

「完全には解りかねます。しかしこれは、過去の私を象徴する夢ではないかと思うのです。人は自分だけが清らかであり過ぎてはいけないのです。自分が引き受けることを拒否した罪は、世界が引き受けなければならなくなる……。私も罪を犯して身を汚したことによって、戦争は終わったのではなくて、最初からなかったことになったのです」

　私はかつての自分が、独善的な愛や中途半端な思いやりで大勢の人を傷つけ、愛する女性を死なせ、我が義兄弟パルフォンを殺人者にしてしまったことを知っている。イヴォルギン将軍は私と出会うことによって自分が法螺吹きであることを意識化してしまい、その激しい羞恥が死に至る行動を引き起こした。当時は支離滅裂に見えたアナスタシア嬢の行動も、洞察力を得た今となっては理解できる。彼女は、囲い者の身であった長い年月に心の奥底で私のような男性を求めていながら、自分のような汚れた女は私のように完全に美しい人には相応《ふさわ》しくないと己れを責め続けたのだ。そしてアグラーヤ嬢やイポリート、エパンチン将軍……数限りない人々の心を、私はその文字通り白痴的な清らかさで踏みにじったのだ。白夜の薄明かりの中で平穏に暮らしていた人々に私は強い光を伴って現れ、彼らに濃い影を作ってしまったのだ。

　悪気のない罪ほどやっかいなものはない。

「もしかしたら私は二年前、ペテルブルクで世界を滅ぼしかけたのかもしれません……」

「罪にもエネルギー不変の法則があると?」

「どうでしょう。私には……」

私には分からない。
いずれにしても、犠牲を伴わなければ、それは贈り物とは言えないのだ。

七月◇日
ケルンの研究記録を目にする機会があった。暗号化されていたので、素早くページをめくりながら記憶し、後で自分の脳内で解析した。暗号とはいえ単純なもので、これならどこの国の諜報機関でも三日ほどの分析でアルゴリズムを解明できる程度の代物だ。
ケルンが蘇生実験を行っていたのはペテルブルクの屍者製造機関であり、何より恐ろしい事実は、被験体はアナスタシア嬢であったことだ……

七月★日
シュナイダー＝ドウエル教授は遺言のつもりで、私に研究の全容を明かされた。
人間が保有する霊素の総量は個体の質量差、体積差にかかわらず二一グラムだ。同量の人工霊素を上書きして屍体を屍者化したところで、生者であった頃の意思や記憶や同一性は戻らない。教授の研究によれば、それは、魂が失われてしまうからだという。魂というのは個の同一性を司る一種の「場」であるが、人類は未だその物理的測定には成功していない。現段階ではそれは周縁科学、もしくはオカルトの領域に属する仮説だろう。しかし教授は、間接的ながらその実証の手がかりを得ていたのである。

教授の仮説では、霊素は肉体という物体を生体化するもので、魂は生体を個性化、意思化するものである。屍体に霊素を上書きしたところで屍者にしかならないのは、いったん離れた魂が戻らないからなのだ。

私のような患者は、生体ながら霊素量が減少する傾向が見られるという。霊素量の減少により、魂定着が低下し、結果として知能の低下や脳の気質的な病変、人格の異変等、個体によって症状は異なるが、生体の維持に支障をきたす異変が生じる。私の症例はその典型的なもので、霊素量の減少によって魂定着が低下し、結果として知能の低下と癲癇《てんかん》の発作が生じたのだという。一般には私の病気は癲癇の発作によって知能が低下したと見られていたが、実際はその逆だったのだ。

シュナイダー＝ドウエル教授の研究の目的は、生体の霊素量低下を食い止めることによって精神病や脳疾患の治療法を確立することであった。故国を離れてスイスに研究所を置いたのも、かつて生命の神秘を解き明かしたとされるヴィクター・フランケンシュタイン氏の遺稿調査のためである。奇《く》しくも私はその入院患者として教授と邂逅したのであった。

二年半前の試薬は霊素量の減少を抑えるものだったが、効果も持続力もまさに試験的としか言いようがないものだった。が、現在私とアナスタシア嬢に投与されている試薬は、霊素量の減少を抑えるどころか、生死を問わず人体の保有霊素量の上限を引き上げるものだという。教授は、もし生体の霊素量を計測する方法が開発されれば、今現在の私の霊素量は二一グラムを超えているのが観測されるだろうという。しかし、私に先行して投薬されたアルジャーノンの経過を見る限り、私の経過も絶望的に思われる。

私はまた白痴に戻るのだろうか？　それとも、アルジャーノンのように凶暴化して死ぬのだろうか？　教授は最後の望みとして、昨日私とともに設計を終えたばかりの試薬の投与を提案している。教授は、成功すれば私の霊素量は飛躍的に増大するだろうと言う。それでどうなるかは分からない。ただ、現状ではいずれまた霊素量が減少し、魂定着が低下するのは目に見えている。動物実験も経ていないものだが、手を束《つか》ねて狂死を待つより建設的ではないだろうか。

知性とは何であろうか。個人の自己同一性が魂によるものであるとしても、知性とはいったい何なのであろう。私は自分自身が、白痴であった時も現在も変わらず自分自身であるという自覚がある。してみれば、知性は自己同一性の絶対条件ではないのだろう。しかし、自分自身が自分自身であるということ、すなわち自己同一性の認知は、知性あってのものだ。霊素が物理的現実存在の領域のものであるならば、魂は形而上的な存在、知性はさらにメタ形而上的なものかもしれない。

これは教授の仮説の上に私の仮説を立てているに過ぎないが、そう思わずにはいられない。もしかしたら、知性よりさらに高次の何か、それよりもさらに高次な何かがあるのかもしれない。生命の生成過程を、生物と無生物の境を、動物と人間の違い、知性あるものとそれを持たぬものの分水嶺、進化とは何か、意識とは何か、知性はどこからやってくるのか、そしてそれらの意味を、それ以前に「存在」とは何であるかを、人類はまだ知らない。その解明にはなお数世代、あるいは数十、数百の世代を要するであろう。しかし、もし私の例のように霊素量上限を引き上げれば、魂の作用を過給化することによって知性を現人類の限界以上に超効率化し、この宇宙に存在する全ての謎を解明できるかもしれない。

いや、肉体などは所詮いずれは滅びゆくものなのだから、それ以上のことを望むべきだ。我々は肉体を必要としない魂、それ以上に、魂をも必要としない純粋な知性となって存在し続けるものへと進化するべきではないだろうか。いずれは知性を超越した存在に、そしてさらに高次のものへと進化し続けるべきなのだ。これこそが真にフョードロフの後継者たらんとする者の理解すべきことであり、真のロシア宇宙主義《コスミズム》であろう。

それを思えば、シュナイダー＝ドウエル教授のおそらくは最後になるであろう試薬を試す価値はあるだろう。うまく行けば、私が教授の研究を引き継ぎ、より深化させることができるだろう。楽観的観測だが、もしも教授の魂あるいは知性が何らかの力場として死後にも存続するのなら、いずれ我々は純粋知性として再会することもあり得るだろう。

私は裏庭にアルジャーノンの墓を作りに行く。それが終わったら、明朝のケルンの帰還までに試薬を完成させ、自らに投与するつもりだ。

私は世界の饗宴に受け入れられようとしているのだろうか。それとも、遠ざかろうとしているのだろうか。いずれにしても、もう後戻りはできない。私はこの道を往くより他はないのだ……

*

俺が目覚めた時、時刻は正午を過ぎていた。

俺はあの事件の前でさえ、こんな時間に起きるほどだらけた生活を送っていたわけじゃない。ロゴージン家の宗派にはそれなりの戒律ってもんがあり、それを守らせるための圧力も半端じゃなかったからだ。

何度か目は醒めかけた気がする。耳元で誰かがわあわあ騒ぎ立てるような、やかましい夢も見た気がする。やっとまぶたが開くと、しばらくして、俺は自分がどうなっているのかが分かってきた。寝台と長椅子の間の床で寝ている。手足が重くて動かないと思ったが、それは濡れたシーツが身体に絡みついているからだった。

どうにか身体を起こすと、意外にも身体はよく動いて、頭もわりとすぐに働き始めた。寝覚めは悪くはない。ただ喉がからからだ。俺はシーツから脱出すると、水差しから直接がぶ飲みして、残りは頭からぶっかけた。少しばかりの水と汗が混じるばかりで、さっぱり気持ちよくならない。

昨日か一昨日着たシャツで適当に身体を拭き、ガウンをひっかける。時計を見ると昼過ぎだったというわけだ。この頃には俺も、どこかで人声や足音がするのに気づいていた。それに、やけに臭い。いつもよりはるかに臭い。俺は白茶けたガウンの腰帯を締めながら、隣の控室に向かった。扉はどこも開けっ放しだ。

屍者の召使いがぐちゃぐちゃに潰されて、階段の踊り場に転がっていた。

それが誰だったのかは分からない。どうしてかって？　そのくらいぐちゃぐちゃに潰されていたからだ。どうりで臭いはずだ。俺はそいつの肉片がついてしまったスリッパを脱ぎ捨てて、踏まないように気をつけながら裸足で階段を上った。

誰かが三階にいる。三階はナスターシャの縄張りだ。ここも、どこもかしこも扉は開けっ放しだった。親父が買い込んだ古臭い絵がたくさんかかった広間に人影があった。『死せるキリスト』——俺が一番好きな絵だ——の下に、やたらと背の高いのと小さいのが何か話しこんでいる。あっちは俺に気づいていない。どっちも兵隊みたいな服装をしていて、大きいほうはアフリカかどっかの男、小さいほうは……驚いたことに、女だった。二人とも見たことのないような銃を肩から下げて、俺の知らない言葉を喋っていた。

こういう剣呑な連中が相手なら、俺も何か武器を持ってくるべきだった。いや、屍者がぶっ殺されて（それ以外にどう言えばいいんだ？）いるのを見つけた時に気がつくべきだった。騒がしいと思ったのは夢じゃなかったのだ。実際、起きられない俺のすぐそばで騒ぎが起こってたんだろうな。そんなになってても起きられなかった俺って、どんなだよ？　せめてあのナイフを持ってくればよかった。あのナスターシャを刺したナイフだ。いやいや、あのご大層な装備を見ろ。ナイフ一本でどうにかなる相手じゃないだろ？

俺が他人事のようにごちゃごちゃ考えているうち、女が俺に気づいて、弾《はじ》かれたように銃に手を伸ばした。それとほとんど同時に、大男が身振りでそれを制止した。女もはっとして動きを止めた。

「おいおいおい」自分でもびっくりするようながらがら声が出た。「何なんだよ？　これはよ？　どうなってんだ？」

分かってる。間抜けな質問だというのは分かってる。

「パルフォン・セミョーノヴィチ！」

女は俺に呼びかけた。外国の奴らはこれでロシア文学が嫌になっちまうんだよな。パルフォン・セミョーノヴィチというのは俺のことだ。パルフォン・セミョーノヴィチ・ロゴージン。名《イーミャ》のパルフォンにセミョーノヴィチという父称《オーチェストヴォ》をつけるのは、さほど親しくない相手に呼びかける時の、礼儀にかなった丁寧なやり方なんだよ。覚えとけ。

何故か古傷がうずくような声だった。俺が「古傷」と呼んでいるやつは、実際には二年半前のものだが。ちゃんとしたロシア語の発音だった。となれば、ありがたいことに女はロシア語が通じる相手だということだ。

「私のことは覚えていてくれたかしら？」

女は顔にくくりつけていたばかでかい眼鏡のようなもの（後で聞いたんだが、ゴーグルというのらしい）を頭の上にはね上げた。

「ナスターシャはどこ？」

あのお嬢ちゃんだ……。どうりで古傷がうずくような声のはずだ。アグラーヤ・エパンチナ。前にちょっと言ったことがあると思うが、彼女が公爵の婚約者になりかけたいいとこのお嬢ちゃんだ。あの頃は確か、二十歳になるかならないかって年頃だったと思っている、何不自由なく暮らし、挫折も苦しみもない人生だったんだろう（俺の勝手な想像だが）。そこに思いがけず飛び込んできたのがムイシュキンだったというわけだ。アグラーヤ嬢ちゃんは、あれだ、好きな相手にわざとつっかかるような、何と言ったか、そういうのを表す流行語みたいのがあっただろう？

あれだった。そこへ持ってきて高すぎるプライドやら恋心や何やかやで（こういうのは俺には分からない）、自分でも何が何だか分からなくなっちまったのかもしれない。俺の目の前で、このお嬢ちゃんとナスターシャは、公爵に「私とこの女と、どっちを取るの？」とやらかしたんだ。すごいだろう？　信じられないだろう？　俺も信じられなかったが。

「あんた……何やってんだ？　まさかあの嬢ちゃんが、俺んちに人間の腐れひき肉をぶちまけてくれるとはな」

「細かい話は後よ。ナスターシャはここにいるのよね？　出してちょうだい」

「おい待てよ。あんたまだそんなこと言ってんのか？　……ムイシュキンはもう死んだんだぞ」

「私たちはあなたとナスターシャを守りに来たのよ。彼女はこの家にいるのよね？　それと、屍者は何人？」

「屍者は四人だが……」

「あと一人ね」

アグラーヤと大男は短く言葉を交わし合うと、大男は部屋を飛び出していった。

「ケルンがまもなく彼女を回収しに来るわ。知ってるでしょう？　ナスターシャに人体実験したイカレ科学者《マッド・サイエンティスト》よ。彼女を成功例として、学会と称する見世物で晒すつもりよ」

俺は瞬時にその言葉を信じた。今まで恩人と信じてきたケルンに対し、自分でも知らないうちに疑いのような、怨みのような何かがたまっていたのかもしれない。

「あの女はこの家に来てから、一歩も外に出てない。寝室か書斎か、でなきゃ屋根裏の古い本が積んであるあたりにいるだろう」

「そっちには仲間が行ってるわ。あなたも出かける支度をして。しばらくパリかベルリンに潜伏することになると思うわ」

「あんた……何だか立派になったな……」何故かそんな言葉が口を突いて出た。「ポーランドの偽貴族に騙されて不幸になったって聞いてたが……」

「ありがとう。ポーランド人と結婚したのも、夫が偽貴族だったのも事実よ。だけど不幸にはなっていないわ」

ありがたいことに、アグラーヤは俺の言葉を嫌味と受け取らなかったようだ。

「夫は今、ロンドンにいる。私たちはね、タイレル博士とともに、科学技術健全発展協会を設立したの。自分が死んだ後に屍体を屍者として転用されないで済む、屍者なんていう不健全なものが人間社会に入りこまない、安心して生き安心して逝ける社会、そのための健全な科学のあり方を追求する団体よ。まだ地下組織だけれど。人間は奉仕者を求めるのなら、神の造り給うた人間を本来の命が尽きた後に再利用するのではなく、人間の責任に於いてゼロから模造人間《レプリカント》を作るべきなのよ」

「ちょっと待て。何のことだか……」

「あなただって、死後に自分の屍体を炭坑や下水掃除で使われたくないでしょう？　ナスターシャの身体を見たでしょう？　生前の彼女と似ても似つかない他人の屍体を縫い合わせられたのよ！　見たでしょう？」

「見ていない。俺は、生前のあいつの身体も見ていないんだ」

「まさか！　今さら道徳家ぶらなくていいわ。あなたは……」

「カマトトぶってるわけじゃない」

俺は腰帯を解いてガウンの前を開いた。いちいち言葉で説明するのは面倒だ。

長い深呼吸を終えるくらいの間、沈黙があった。アグラーヤは突然、ガウンの下に何があるのか……いやむしろ、何が無いのかに気づいたようだった。

「……まさか！　ロゴージン家って、本当に去勢派《スコプツィ》だったの⁉　信じられない……あなたの親は、あなたに童貞《バルフォン》という名前をつけるだけのことはあったのね！」

「親父の金で買った耳飾りをナスターシャに贈った後、プスコフで宗派の仲間にやられた。ブチギレた親父が手回ししてやがったんだ。普通は結婚して子をもうけた後にするもんだし……たいていはタマのほうをちょん切るだけで済ますらしいんだが」

「ごめんなさい。侮辱するつもりはなかったわ。服を着てちょうだい」

俺はガウンを拾い上げた。別に侮辱されたとは思わない。今まで誰にも明かしたことはなく、当然誰にも見せたことはなかったが、何故かまるで平気だった。アグラーヤが平気だったんじゃなくて、この二年ほどの間に自分の何かが変わったんだ。

俺は帯を締め直した。どこかで銃声が響いた。おそらく、最後の一人、あるいは一体の、糸を引くような腐れひき肉がぶちまけられたんだろう。

「別に聞きたくもないだろうが、ナスターシャを刺したナイフは、この時に使われたものさ。言ってみれば俺たちは、あの時ただ一度だけ、ひとつになれたんだ……俺はもしかしたら、ケルン教授を、その神聖な契りを無効にした悪魔くらいに思ってたのかもしれない……笑うなよ。あれから俺だって、少しは言葉を覚えたんだ」

「だったらなおさら、あいつの手からナスターシャを守るのよ！」

その瞬間、俺はあることに思い当たった。

それはムダだ。

もう勝負はついたんだ。

ケルンが何のために俺にこんなに眠りこける薬を飲ませたのかを考えると、あの女はもうこの家にいるはずがないのだ。


俺が次に目覚めた時、時刻は正午を過ぎているどころではなかった。

ぼんやりとした視界いっぱいに、妙に爽やかな色合いの空が広がっている。見たこともないほど鮮やかで、だけど鮮やか過ぎることもない、ロシアでは見たこともない色合いだった。絵に描いたような……そう、まるで外国の絵画のような空だ。親父が集めていた絵のようなやつだ。もっとも、親父が絵を買ったのは美のためじゃない。金のためだ。いつか高く売れるとか、高いやつを安く買えたとか、そこだ。糞な親父だった。

とりとめもなくそんなことを考えながら空を見ているうちに、雲が流れながら形を変えてゆく。俺でさえきれいだと思うこういうのを見ながら、なんでわざわざ糞な親父のことを考えなきゃならないんだ。馬鹿じゃないのか、俺は。雲は縁がうっすらと茜色に染まり始めたところだった。これは朝じゃなくて、夕方だな。

俺はいったい、どこに寝てるんだろう？　ああ、誰かが俺の頭を撫でている。身体は少しずつ、痺れがとけるようになってきた。重い右腕をあげて涎《よだれ》を拭く。雲がゆっくりと流れてゆく。草の香りだ。おいおい、ここはいったいどこなんだよ？

頭を少し左に傾けると、見たことがある山があった。妙に尖った山だ。ロシアの山じゃない。ペテルブルクから視界に入るところに山なんかありゃしない。ウラルまで行かないと山なんかない。それに俺はウラルなんか行ったこともないし、行こうと思ったこともない。だがあの山は知っている。ほら、あれだ、親父が絶対に売るな、絶対に絶対に売るなと言い続けた絵の……あれだ、スイスの、何とかホルンっていうやつだ。

また眠りこんじまう前にどうにか身体を起こした。絵に描いたような山々の連なりに、白っぽい何とかホルンが突き出ている。今まさに、絵に描いたように夕日に染まり始めたところだった。

誰かが横丁から俺の顔を覗きこんだ。

見間違うはずがない。だが、そんなはずはない。だがしかし、それは間違いなくムイシュキンだった。

「お前、なんでこんなところに……死んだんじゃなかったのか？　いや逆か？　俺が死んでお前のところに来たのか？」

公爵は呆けたような笑みを見せるだけだった。うっすらと記憶がある。あの時と同じだ。ナスターシャの屍体のそばで、こいつと俺で見守った、あの晩のことだ。俺はどんどん熱が高くなっていき、白痴に戻った公爵はただ弱々しく微笑んで、俺の顔や頭を撫で続けたんだった。

いや、だが俺は、アグラーヤ嬢ちゃん、いや、今は偽伯爵夫人と言うべきか、その仲間たちとロンドンに行ったはずだ。突然、俺の中にさまざまな現実が押し寄せた。

蒸気機関で推進する飛行船と潜水カプセル——後で知った言葉ばかりだが、面倒な説明は省かせてくれ——を乗り継いでたどり着いたロンドンという都市は、想像を絶する恐ろしいところだった。蒸気機関と蒸気機関、発電装置、蓄電器、送電線、機械、機械、機械、そして屍者だ。大気は工場排気と蒸気と家庭用石炭の煙で一日中暗く、もう昼も夜も区別はなかった。一日中チカチカする電気の照明、屍者が操る機械馬車、ネジやボルトで継ぎ足し補強した高層のヴィクトリアン建築、ガスマスクをつけた淑女たち、児童労働、屍者の軍隊、炭酸水、娼婦の腹を裂く殺人鬼の噂、くさい水と不味い飯、ジンと監獄と似非《えせ》古典絵画。ロンドン塔の電気計算機につながる電線は旧市街の上空でとぐろを巻く。世界中の植民地からやってきた生きた人間や死んだ人間が濁った雨の中を歩き回る。大きいのや小さいのや目が吊《つ》り上がったの、肌の黒いの、人間の言葉かどうかも分からない謎の音声、工場排水でふやけた屍者。植民地人が屋台で売り買いする見たこともない食い物には妙な魅力があった。俺は東洋風の丼に盛った米と、変な魚っぽいものを四つくれと言ったが、店の親父に二つで充分ですよと断られてしまった。

そういう街だった。

俺たちの乗った飛行船が飛んでいる間、アグラーヤがピカピカと光を発する機械で地上と信号をやり取りして——数こそ少ないが、ヨーロッパ中に仲間がいるのだという——得た情報によると、ケルンの超強化蒸気動力飛行船はペテルブルク沖のクロンシュタット軍港を発った後、どこにも着陸せずにまっすぐにロンドンに向かったらしい。ということは、間違いなくナスターシャをロンドンに連れていったということだ。ケルンはヨーロッパ何か所かに研究所の付属病院を持っているが、公爵がいたというスイスの病院などはセレブ向けであるのに対して、ロンドンのそれは身寄りのない貧者をかき集めた人体実験場らしい。

俺はそこに入りこむための最後の手段に打って出た。アグラーヤたちは反対したが、もう安全策だとか危機管理だとか、もう何もかもどうでもいいんだ。俺はその何とか科学協会の中でまだケルンに面が割れていない紳士淑女に連れられて、ロンドン郊外のその研究所に行った。工場地帯で、屍者も多く、臭くてロンドンの中でもとりわけ暗いところだ。俺はナスターシャがいなくなったショックで呆けてしまったという設定だ。俺はもともとケルンの患者なので（痛み止めをもらっていただけだが）、どうにかしてくれと親戚筋がケルンを頼ってきた、と。ものすごくしょうもない設定だし、胡散《うさん》臭さは半端じゃない。冷静に考えたらアホらし過ぎて成功するはずなんかないんだが、他にどうしようもないので、俺はあくまでこの策を言い張った。病院に連れていかなかったが、俺としては正直、呆けて無気力になった俺のほうが本当なんだ。病院に連れていかれた時の俺は、演技でもなんでもなく完全に呆けきって何にも反応しなかった。

怪しさ満点の作戦は意外にも成功し、病院長のラヴィノという医者は俺を入院させた。もっとも、人体実験要員としてだろうというのは容易に想像がついたが。ラヴィノが俺にいろいろ話しかけてきたのは覚えている。だが俺は芝居抜きで面倒くさくて、ぼんやりと聞き逃した。だけどその後を覚えていない。どうでもいいという気持ちもある。気がつくと、このスイスっぽいところで公爵と一緒にいた。目を覚ましたようでもあり、夢の中のような気もする。

公爵は呆けきっているようにも、何か言いたげにも見える。

俺はどうしたらいいか分からず、思わずその視線をたどると、草地に小さな板切れがあるのに気づいた。

近づいてよく見ると、板には小さなねずみの絵と、西のアルファベットでAlgernonと書かれていた。子供が作った動物の墓だろうか。しかしその板切れには、不釣り合いに達筆な飾り文字で、俺には読めない外国語も数行書かれている。頭のいい連中が書く墓碑銘といったところか。

だが奇妙なことに、その文字は俺が見ているうちに変形し、読める文字になった。

——目を覚ませ、パルフォン。

目をこすってよく見たが、それはやはり俺にも読める言葉だった。それはまた変形した。

——白ネズミについて行け。

俺は頭がおかしくなったのだろうか？

——君は夢の中で安楽な生活を送りたいか？　それとも現実の中で目覚めたいか？

夢の中？　これは夢なのか？　いや確かに夢だろうな。呆けきった公爵と一緒に、何をするでもなく、気候のいい風光明媚な場所（多分スイス）で過ごすのは悪くない。しかしこの、どこかが現実でない奇妙な感覚の中では、その目を覚ませという言葉はやけに現実的に響いた。

俺はいてもたってもいられなくなり、その言葉に急かされるように立ちあがった。ねずみの墓に導かれるように、その先の絵に描いたような夕景に向かって歩く。

ふと気づくと、遠景だと思った眺めは消滅した。まず悪臭が鼻を突き、俺は突然あたりのことをはっきりと認識した。俺は薄暗くだだっ広い部屋で、大勢の人間と一緒に雑多に寝かされていたのだ。

俺は今、自分が賢くなったわけじゃないが、何かとてつもなく賢いものの力を帯びている。俺には分かった。ここはロンドンだ。部屋の中に居ても逃れられない、このひどい悪臭でさえ覆い隠すことのできない匂いが、まさにロンドンの証しだ。

まだ少し身体はふらつくが、俺は回復の速さだけは自信がある。俺は汚らしい寝台から降りて床に伏せ、少しだけ頭を出してあたりを見回した。広い部屋いっぱいに、数えきれないほどの寝台があり、どうやらそのほとんど全てに人が寝かされているようだ。ここに収容された患者たちだろう。薄暗いのであまりよく見えないが、糞尿にまみれ、狭い居場所に押しこめられながらも、満足しきった顔つきをしているようだ。俺がそうだったように、皆眠らされているのだろう。きっとセレブ向けの素晴らしい療養所で、至れり尽くせりの治療を受けている夢を見ているのかもしれない。いや、火星で革命を起こしている夢を見ている奴もいるかもしれないが。こうするのには、少量の麻薬と催眠術の技術さえあれば可能だ。誰もが夢をみながら、人体実験に回されるのを待っているのだろう。

しかし屍者の巡回はあるかもしれない。寝台の間を這うようにして、うすぼんやりと見える出入り口らしきもののほうに向かう。

廊下には誰もいなかったが、臭いからして屍者はよくこのへんを回ってきているようだった。まばらに灯った瓦斯燈《ガス》を頼りに、慎重に廊下を進む。その広さや曲がり角の数、記憶にある外観や屍者科学の研究所としてあるべき設備を考えると（俺自身が考えているのとは違うのだが）、目指すべき方向は自ずと絞られる。途中で何度か屍者をやり過ごし、さっきの大部屋のほうへ少し戻ると、探していたものはすぐに見つかった。

しかし、肝心のあるべきものだけがなかった。

そう、あったのはナスターシャの胴体、いや、ナスターシャの胴体にされていた屍体だけだった。今度こそ本当に死に切った屍体は、明かりもない部屋で粗末な実験台に放り出されていた。首がない。肝心のナスターシャの首がない。俺は恐慌をきたしかけたが、俺の中の何か――その時にはすでに、それがムイシュキンだと分かっていた――がそれを抑えた。神経を研ぎ澄ますと、何か聞き慣れたような音がする。俺は金属製の何かよく分からない実験装置らしきものを力ずくで持ち上げ、昼とも夜ともつかない灰色の空に向かって投げつけた。幸い窓は、それで壊れないほどの特殊な素材でできてはいなかったようだ。俺はガラス戸の棚から素早く数種の薬品を選び出し、瓦斯台で火をつけた。あとは、不審者に気づいた屍者の警備隊が駆けつけるのが早いか、この光を見つけた仲間の飛行船が駆けつけるのが早いかの勝負だ。

俺は賭けに勝った。やはりあの音はアグラーヤの飛行船だった。胴体に大きくネブカドネザル号と書かれた強化蒸気動力飛行船は、可能な限り建物に近づくと、銛打ちのような装置で俺のすぐそばにワイヤを打ちこんできた。

それのどこを掴み、どこに体重をかけて移動するのか、全て公爵の指示に従った。体力だけは自信がある。このあたりから物事が恐ろしく加速しているように感じられてきた。俺は飛行船に飛び移り、アグラーヤは屍者が取りついてくる前にそのワイヤを切り離した。

「首だけ持っていかれた。身体は置き去りだ。おそらく身体が腐ったんだろう。前からあれはヤバイと思ってたんだ」

「ケルンはロンドン大学の大講堂で、科学上の重大発見を発表すると称して学会を開くそうよ。ナスターシャは間違いなくそこね。学会というより、ほとんど見世物だわ」

「そこはヴァン・ヘルシング教授が屍者についての特別講義をした由緒正しい講堂じゃないか！畜生、ケルンの野郎、一流科学者を気取るつもりかよ！」

アグラーヤは驚いたようだった。まあそれはそうだろう。口調はともかく、俺の言うような内容じゃない。

「ケルンはシュナイダー＝ドウエル教授を殺して、その発明を盗んだんだ。スイスに行けばその証拠は押さえられる」

「どうしてあなたがそんなことを……？」

「俺は今、ムイシュキンと一緒にいる。どう説明したらいいか分からないが、これは奴の選択だ。奴の肉体はついさっきスイスで滅びた。奴はより高次な存在として在るために、自分で作った薬を注射したんだ」

アグラーヤがいろいろ聞き返してきたが、それに構っている暇はなかった。俺たちは他の数人の仲間とともに、ロンドン大学の講堂に集まる知的な紳士淑女に紛れこむために、燕尾服や夜会用ドレスでめかしこんだ。物事がさらにどんどんと加速する。ケルンはきらびやかな瓦斯燈の光を浴びて、金縁の眼鏡を光らせ、恐ろしく仕立てのいい絹の服の胸を張り、万雷の拍手を受けている。あの干からびた男が誇らしげに微笑み、生き生きとして見える。

演壇の中央には、ガラスの台に載せられ、さまざまな管をつながれたナスターシャの首があった。幾分やつれていたが、巧みな化粧で顔色はよく見える。いてもたってもいられなかったが、ここは我慢だ。

もったいぶった演説の後、ケルンが壇上のナスターシャの首にご機嫌はいかがですかとフランス語で訊ねると、ナスターシャはいかにも言わされている口調で、わざとらしいほど上品なフランス語で「おかげさまで、元気ですわ」と答えた。

アグラーヤが立ちあがって叫ぶ。

「その男を信じないで！　そいつはシュナイダー＝ドウエル教授を殺してその業績を奪った犯罪者よ！」

講堂は騒然となった。時間がますます加速する。俺はナスターシャに、公爵と俺と一緒に来いと叫んだ。ナスターシャはさすがの思い切りの良さで、自ら選んで肉体の最後の一片から離れた。

アグラーヤの仲間たちがケルンを追っていったが、俺とアグラーヤも屍者どもに追われる身となった。公爵とナスターシャの魂は俺と共にあるが、まだ俺の肉体を失くしてしまうわけにはいいかない。しかしこれから俺、もしくは俺たちは、世界の果てに逃げようともケルンの屍者どもに追われる身になるのだろうか？　逃げ切れる場所などあるのだろうか？

　ネブカドネザル号の中でアグラーヤは一瞬考えたが、重大な秘密を打ち明ける口調で俺に言った。

「まだ実験段階なのだけど、もし成功すれば、一つだけ、奴らから完全に逃げ切る方法があるわ」

　俺たちが向かったのは、ロンドンのはずれにある寂れた給水塔の地下だった。縦坑に隠された長い砲弾のような乗り物はロケットと呼ばれ、宇宙に行く乗り物だと言う。公爵はすぐさまそれが何であるのか理解した。ミシェル・アルダンのコロンビアード砲を、宇宙主義者を自任するロシア人たちがひそかに発展させてきたものだった。キバリチッチの流れを汲む科学者たちだ。

　しゅうしゅうと音を立てて液体燃料が注ぎこまれるロケットのそばに、大きなラッパのような補聴器をつけた老人と、金歯の中年男と、背の低い青年軍人がいた。

「まだ月より遠いところへ行った例はないわ。でも理論上、このH－1《エヌ・アデーン》はペイロード分まで燃料を積めば、第三宇宙速度に達するはずよ」

「ちょっと待て。宇宙に行くだなんて……そんなことをして神の怒りをかったりしないのか⁉」

　思わず不安になった俺がそう問うと、補聴器の老人が言った。

「地球は人類の揺りかごだが、そこに永遠に留まっているわけにはいかないのだ」

　金歯の中年男が言った。

「私が生涯かけて待ち望んでいたのは、まさしくこの瞬間だ！」

背の低い青年軍人が言った。

「私は宇宙であたりを見回してみたが、神は見つからなかった」

そうかよ。分かったよ。俺は行くよ。

ロケットのハッチが閉じられる一瞬前、ナスターシャが突然、アグラーヤに問うた。

「あなたも一緒に行かない？」

アグラーヤは快活に笑った。

「ありがとう。でも結構よ。私はまだまだこの世界で戦っていたいの！」

「いつか、模造人間《レプリカント》を追って孤独に戦わなければならない日がやってくるかもしれないのに？」

「それでも構わないわ。私はいいけど、あなたは大丈夫なの？　宇宙にいるのは私たちだけじゃない。宇宙ではあなたの悲鳴は誰にも聞こえないのよ？」

「宇宙は、人類に残された最後の開拓地《フロンティア》よ。そこには人類の想像を絶する新しい文明、新しい生命が待ち受けているに違いないわ」

「そうね……今こそ、人類の冒険が始まるのね」

アグラーヤとナスターシャは別れ際に強く抱き合った。実際に抱き合ったのはアグラーヤと俺の身体だが。

ロケットは給水塔に擬態したランチャーを飛び立った。爆音が気密室を揺るがし、六Gを超えんばかりの重力が俺たちを襲う。目撃したロンドンっ子たちは、給水塔が爆発したと思うだろう。

中から末広がりのロシア式ロケットが飛び立ったところを冷静に観察できるのは、アフガニスタン戦線帰りで探偵の助手になる医者くらいだろう。もっとも、そんな人間が本当にこの世にいるかどうかは知らないが。

「……デイジー、デイジー、こたえておくれ。気が狂うほど、きみが好き……」

誰かが耳元で歌っている。いや夢かもしれない。うとうとしていた。どのくらい時間が経っただろう。一瞬のような気もする。数百年間冷凍されて眠っていたような気もする。いや、自分の肉体がそのまま保持されているのか、すでに朽ち果ててしまったのかも分からない。

青にもスミレ色がかった漆黒にも見える海に、薔薇色や金砂に彩られた霧が流れる。ソラリスの表面にたゆたうのは、朽ちた骨のような色をした古い擬態系《ミモイド》生体だ。まだステーションがないので、俺たちはそこに降り立つ。

波打ち際で、海は好奇心と怯えを両方持った子供のように振る舞った。

人間存在がかつて見たこともないようなものを、俺たちは見てきた。だが、そういう瞬間も全て、やがては時間の中に消えてゆく。雨の中の涙のように。

俺たちは何を期待し、何を待っているのだろう？　かつて失った愛かとも思えたが、そうでないことは俺たちにも分かっていた。俺たちにはそういう望みはなかった。俺たちの中ではまだある期待が生きていた。これから何が起こるのかは全く分からなかったが、それでも残酷な奇跡の時代が過ぎ去ったわけではないという信念を、俺たちは揺るぎなく持ち続けていた。

生き残るのは最も強い者でもなければ、最も賢い者でもない。ただ、変化する者だけが生き残るのだ。俺たちは忍従して荷を負う駱駝となり、戦う獅子となり、最期には無垢の赤子となって、神以上に全てを肯定するだろう。

追伸。どうかついでがあれば、ムイシュキンの友人である小ねずみ《ムイシュカ》の墓に花束をそなえてやってほしい。

## 主要参考文献

フョードル・ドストエフスキー『白痴』望月哲男訳、河出文庫、二〇一〇年
スタニスワフ・レム『ソラリス』沼野充義訳、ハヤカワ文庫SF、二〇一五年
ダニエル・キイス『アルジャーノンに花束を』小尾芙佐訳、ハヤカワ文庫NV、二〇一五年
アレクサンドル・ベリャーエフ『ドウエル教授の首』田中隆訳、未知谷、二〇一三年
エドモンド・ハミルトン『キャプテン・フューチャー・シリーズ』野田昌宏訳、ハヤカワ文庫SF、一九六六〜一九八二年
アンドレイ・タルコフスキー、映画『サクリファイス』一九八六年
リドリー・スコット、映画『ブレードランナー』一九八二年
ラリー&アンディ・ウォシャウスキー、映画『マトリックス』三部作、一九九九〜二〇〇三年
高野史緒『カラマーゾフの妹』講談社、二〇一二年

## 冒頭引用

中村健之介『ドストエフスキー人物事典』朝日新聞社、一九九〇年
アンドレイ・タルコフスキー、映画『惑星ソラリス』台本、ロシア国立映画保存所、二〇一二年（原文ロシア語。井上徹、高野史緒訳）

# プシホロギーチェスキー・テスト

学生時代、ドストエフスキーの『罪と罰』を完読したという人、正直に手を挙げて。皆無かと思いきや、実は意外と手は上がるのではないだろうか。そして、そのほぼ百パーセントの人が「読んだけど忘れた」と言うのでは。無理もない。なにしろ長い。長くて複雑で、キリスト教ネタが面倒くさい。呼び方がいろいろあるロシア人の名前も面倒くさい。そして登場人物が多い。クリスティーよりも多い。何しに出てきたのかよく分かんない人もいる。覚えていろというほうが無理である。

そんな「読むべきだけど面倒くさい歴史的名作」の筆頭が『罪と罰』だ。赤貧洗うがごとしの貧乏学生ラスコーリニコフが、才能ある（はずの）己の出世のため、高利貸しの老女姉妹を惨殺し、財産を奪う。が、彼は、内からは無意識的な罪悪感に責め立てられ、外からは刑事コロンボ並みにしつこい判事ポルフィーリーにねちねちと追及されてゆく。犯行とそれに至る一連の場面は、現代ミステリ読みである我々の目で見ても一つの瑕疵《かし》もない完璧さである。同書はまた、物語の序盤に主人公視点で犯行の場面が描かれた後に犯人探しが行われるため、世界初の倒叙ものミステリとも称される。ポルフィーリーがラスコーリニコフの証言の隙をつく場面などは、もう完全に現代ミステリの趣である。

江戸川乱歩もドストエフスキーのそうした現代ミステリ性に気づいていたのだろう。乱歩が熱心なドストエフスキー読者であったことは意外と知られていない。筆者は乱歩の蔵書を調査させていただいたことがあるが、乱歩はドストエフスキーの全集や多数の単行本を所有しており、どれもかなり読み込まれた形跡があり、あちこちに書き込みもあった。乱歩は作家として立つきっかけとなった最初期の短篇「心理試験」で、この『罪と罰』のミステリ部分の骨組みを借用している。主人公の貧乏学生は蕗屋《ふきや》清一郎《せいいちろう》。彼は己の未来のため、高利貸しの老婆の殺害を企てる……

……となると、『罪と罰』と「心理試験」をまぜてみたくならないはずがない。なりますよね？　なるでしょう？　当然なるでしょう？　本作は、二〇一九年にリニューアル休刊中だった〈小説現代〉の十月号の乱歩賞特集のために書いた一篇である。講談社の担当者から、最近の乱歩賞受賞者たちに乱歩にまつわる短篇を書いてもらうとかもらわないとかと聞きかけたところで、もうこれはやるしかないと思ったのだった。今まぜなくていつまぜるのか、まぜるなら今でしょ？　というわけだ。

ちなみに、『カラマーゾフの兄弟』の中には、ミステリ的にはごく単純なミスともとれる記述が二か所ある。が、それこそはドストエフスキーの『カラ兄』続篇へのミステリ的な伏線であるはずだと筆者は確信している。『罪と罰』であれだけ綿密なミステリ展開をしたドストエフスキーが、そんなつまらないミスなどするはずがないのだ。え、どことどこだって？　それは拙著『カラマーゾフの妹』を読めばお判りいただけます。『カラ兄』を読んだふりができるダイジェストの章の用意もございます。『カラ妹』は確かにミステリではあるが、スチームパンクSFでもあるので、本作を気に入っていただけた読者諸氏にも、必ずご満足いただけると信じている。

ロジオン・ロマーノヴィチ・ラスコーリニコフが、何故これから記すような恐ろしい悪事を思い立ったか、その動機の詳しいところは分からぬ。またたとえ分かったとしても、このお話には関係がないのだ。彼は数か月前まで苦学生をしていたが、学費の滞納で放校になっていた。その経済的苦境が動機と言えないことはないが、それだけのために、人間はあんな大罪を犯すものだろうか。

七月の初め、蒸し暑いさかりの夕方近く、彼はC《エス》横町に又借りしている小さな下宿部屋から通りに出ると、何か心に決めかねている様子で、ゆっくりとK《カー》橋のほうに歩いていった。

会えば家賃の催促ばかりしてくるおかみとは顔を合わせずに通りに出ることができた。これからあんな大それたことを決行しようとしているのに、こんなことでびくびくしているのは我ながら可笑《おか》しかった。だが、人間は臆病のせいですべての好機を逃してしまうものだ。本当に自分にあれができるのだろうか。本気なのか？　いや、本気なわけではない。ただ考えてみただけだ。

言わば、思考のおもちゃのようなものだ。

　通りはひどく暑く、雑踏には昼の日《ひ》中《なか》から酔っ払いが混じり、ペテルブルク中の運河から立ち上る夏の悪臭が、ただでさえ調子の狂った彼の神経を不快にかき乱した。ラスコーリニコフは、ほっそりとした身体つきのなかなかの美男だったが、その端整な顔に似合わず、着ているものと言えばほとんどぼろ布といってもいいような代物だった。ここ二日ほど何も口にしていない。まさか将来の文学愛好者たちが赤貧洗うがごとしの代名詞として自分の名を口にしようとは、もちろん知る由はない。

　もっとも、奇妙な恰好をしていたのは彼ばかりではなかった。センナヤ広場の界隈には、飼い葉を売りに来て懐の温まった農民たちを当てこんだ飲み屋や娼館がひしめき、様々な仕事に従事する職人たちも住み着いており、遊び人や化粧の濃い女、芸人等々、風変わりな連中が街の風景《パノラマ》を彩っていた。この広いロシアの中で最も奇抜な場所と言えるだろう。多少おかしな輩《やから》と出会ったからと言って、いちいち驚く人間もおるまい。ならば自分も目立つことはない……と信じたい。しかしラスコーリニコフは、自分の特徴的な形にひしゃげた帽子をひどく気にしていた。あれの行き帰りに人の記憶に残るのはまずい。古いものでいいので、何とかして服装に合う学生帽を手に入れられないだろうか。

　ラスコーリニコフは、下宿からきっかり七百三十歩のところにあるばかでかい建物を目指した。そこは小役人や外国人、娼婦などといった雑多な間借り人たちがひしめく建物で、その四階に目指す場所はあった。官吏の未亡人でごうつくばりのアリョーナ婆さんが金貸し業を営んでいる部屋だ。

　この時期、ペテルブルクでは一晩中ほとんど日が沈まない。真夜中を過ぎても、太陽は今にも地平線の向こうに姿を消さんばかりに低く動いてゆくが、その物憂く弱々しい光はごみごみした街を執拗に照らし続けるのだった。頭がおかしくなりそうだ。沼の上に建つ石と運河の街。凡俗の汚泥にまみれた帝都。一八六〇年代に入って改革改革とお題目は幾度となく唱えられ、司法や農奴制にそれなりの手は入れられたものの、世の中はいっこうに良くなりはしなかった。むしろ息苦しさと苛立ちとテロへの恐怖は増すばかりだ。凡庸で能のない「その他大勢」が幅を利かせるこの腐った世の中で、真に才能ある者が偉業を成し遂げるには、いったい何が必要だろうか？

　ラスコーリニコフは、一方の壁が運河に面し、もう一方は＊＊＊通りに面した建物の中庭に入って右に折れ、裏階段を上り始めた。四階の一室から家具が運び出されている。ここに住んでいたドイツ人一家が引っ越すようだった。ということは、当分の間、四階とこの踊り場は、例の婆さんの部屋の専用になるということだ。

　ということは、つまり……。

　ブリキの呼び鈴を鳴らすと、アリョーナ婆さんは疑り深い目を戸口からのぞかせた。

「ラスコーリニコフです。学生の。ひと月ほど前にも伺いましたが……」

　アリョーナ婆さんは彼を覚えており、何とか中には入れてもらえた。ラスコーリニコフは、婆さんの悪意のこもる鋭い眼差しの前に質草《しちぐさ》を差し出した。

　質入れは実のところ、副次的な目的でしかなかった。本来の目的は、あれの下見だ。衝立《ついたて》の向こうの台所、黄色っぽい木でできた家具、色あせた壁紙、灯明の灯った聖像画。カーテンのかかった扉の向こうは寝室だろう。財産をため込んでいるのは、そこの箪笥《たんす》やトランクに違いない。ラスコーリニコフは間取りや家具の数、配置を頭に叩きこんだ。

夕日が横ざまに窓から射す。してみると、例の時もこんなふうに夕日に照らされるのだろう。

婆さんは差し出された時計に二束三文の値をつけたが、ラスコーリニコフはその件については争わなかった。

「アリョーナさん、ことによったら、数日中にまた質草を持ってくるかもしれません。銀製の煙草入れで……なかなかいい品なのですが……」

「ああそうかい。そのことはまたその時にお話ししましょう」

「ところでアリョーナさんは、お宅においでの時はいつもお一人なんですね。確か、妹さんがいらっしゃると思いましたが……」

アリョーナ婆さんのところには、三十近くも年の離れた腹違いの妹リザヴェータがいるはずだった。もし不確定要素があるとしたら、最大のものはその妹だ。ラスコーリニコフは戸口に向かいながら、できるだけさりげない調子で訊ねた。

「あんた、妹にいったい何の用があるんだね？」

「いえその……ただ聞いてみただけですよ。ではまた、近いうちに」

さっきから腹の奥底を去来していた嫌悪感はいよいよ膨れ上がり、階段を下りて表通りに出た時には、彼はついにむかつくむかつくと叫びだした。もっとも、それは人目についたところで、このあたりには幾らでもいる酔っ払いの一人程度にしか思われなかっただろう。この恐ろしいばかりの嫌な気持ちは一体何なのか。下劣な強盗殺人を思いついた自分に対するものなのか。あるいはあの因業婆あに対してなのか。世の中の全てに向かってか。

ラスコーリニコフはこうしてその後丸一日も、例の計画をある時は断念し、ある時は再び心に決め、目まぐるしい浮き沈みの中で過ごした。やけくそで入った場末の地下酒場で泥酔した退官役人に話しかけられたり、そのあまりにも悲惨な貧窮の中にある家族に、自分でもどういうつもりなのか、なけなしの金をくれてやったりした。翌日には友達の家を訪ねようとして止め、郊外まで死ぬほど歩き通し、酔っ払いの女が巡査に介抱されるところを見たり、知らない酒場でウォッカを飲んでは、あろうことか浮浪者のように草むらで眠り込んだりした。その時に見た恐ろしい夢――やせ細った駄馬を農夫たちが鞭で叩き殺す夢――があまりにも鮮烈だったため、あれは自分にはできないと思い直しさえした。

しかし何より精神にこたえたのは、妹ドゥーニャの結婚の予告だった。母親が寄越した長々しい手紙によれば、ドゥーニャは、コネ持ちの中年男と結婚するというではないか。母は明言こそしなかったが、妹は、兄の出世の糸口となるため、愛してもいない男と結婚しようとしているのだった。

妹を、そして母親を救うにはどうすればいい？　大学に復帰して、ちゃんとした仕事に就き、出世することか？　いや、それではどんなに早くても十年はかかるだろう。違う！　そうじゃない！　今すぐ金が必要だった。しかも、糊口を凌ぐような金ではなく、それなりの大金が。今すぐ、今すぐだ！

だが自分にはあれはできない……。血塗れの馬の夢が、その生々しい感触が、ラスコーリニコフを現実に引き戻した。おかしな話だが、夢が現実を連れてきたのだった。あれはやめよう。そう決意すると、気持ちは驚くほど軽くなった。

だが、いったいどんな運命が、どんな巡り合わせが、彼をそちらに導いたのだろう？　どんな悪魔が、あるいは何か不可解な存在が、彼をセンナヤ広場に導いたのだろうか。郊外のペトロフスキー島からC《エス》横町にはまっすぐ帰ればよかったものを、自分でも何故そうしたのか全く分からないうち、ラスコーリニコフは遠回りをしてセンナヤ広場に足を向けたのだった。そこで彼は、よりによってその時、その瞬間、狙いすましたようにある状況に出くわしたのだった。

センナヤ広場を通りかかったのは、夜の九時頃だった。例によってペテルブルクにとっては夜でも何でもない、長い長い黄昏の時間帯だ。ただ、いかに明るいとはいえ、広場に小間物や何かの露台を出している商人たちはそれを片付けて家路につく頃合いだった。ラスコーリニコフは飲み屋に来た労働者たちや酔っ払い、みすぼらしい身なりの何のものとも知れない輩たちに交じって、そのごみごみした広場を歩いていたが、その時、片付けの最中のある露台の傍に、一人の女が立っていることに気づいたのだった。

リザヴェータだ。

他でもない、あのごうつくばりのアリョーナ婆さんの、年の離れた妹だ。

「リザヴェータさん、あなた、明日の夕方、うちにいらっしゃいよ」

リザヴェータは何かの包みをぶら下げ、思案顔で、その屋台の商人夫婦と話し込んでいた。ラスコーリニコフはとっさに、その隣の古本屋台で足を止めた。古本屋はまだ店じまいをしようとしていなかったので、都合がよかったのだ。

「明日、ですか……」

「ええ。リザヴェータさん、六時過ぎですよ」

鳩尾《みぞおち》を冷たいものが走る。ただ立っているだけでは不自然なので、ラスコーリニコフは一番上にあったよれよれの大衆読み本を手に取った。ざら紙にすり減った活字で印刷した、本というより地下出版物のような体裁の、ごく薄い冊子だ。

「でも……」

「お姉さんの許可なんか要るものですか。お姉さんには黙っていらっしゃい」

リザヴェータはまだ迷う様子を見せた。ラスコーリニコフの手の中にある冊子には、外国語のような著者名と、「心理試験《プシホロギーチェスキー・テスト》」という、何やら思わせぶりな題名が印刷されていた。

商人夫婦はしきりにリザヴェータを誘い、リザヴェータはまだ踏ん切りのつかない様子を見せる。ラスコーリニコフは冊子を屋台に戻して別な本を取ろうとして手を止めた。冊子のある個所に視線がくぎ付けになる。リザヴェータは商人夫婦に勇気づけられ、だんだん姉に内緒で出かけるつもりになってきたようだ。

心拍が速くなる。冊子の発行年は「一九二五年」となっていた。一九二五年とは！　今からきっかり六十年後だ。

「何せ儲かる話なんだから、後になったらアリョーナさんだって分かってくれますよ」

「それじゃ、伺おうかしら……」

「いいですか、六時ですよ、六時過ぎにね」

ラスコーリニコフはポケットの奥底からなけなしのコペイカ貨数枚を取り出し、冊子を二つ折りにして、空になったそのポケットにねじ込んだ。

つまり、こういうことだ。明日、その刻限には、あの家にアリョーナ婆さんが確実に一人でいるということだ。確実に。

確実に。

部屋というよりは戸棚と言ってもいいような狭苦しい屋根裏部屋に帰ると、彼はベッド代わりにしているソファに身を投げ出した。

考えまいとするが、どうしてもあのセンナヤ広場でのことが脳裏に蘇る。

明日、六時過ぎ、夕方六時過ぎ、あの金貸しのアリョーナ・イワノヴナは確実に、確実に一人になるのだ……。


とにかく、ひとまず心を落ち着かせよう。ラスコーリニコフは型崩れした帽子を置いただけで、上着も脱がずにソファに横たわり続けた。また熱が出てきたような気がする。眠気もあったが、眠れはしなかった。弱々しくも執拗な夕日の中、彼はソファの上でその光に抵抗するかのように身じろぎした。何かが脇腹に当たる。ポケットを探ると、ざら紙の冊子が出てきた。そうだった。さっき買った読み本だ。取り出してみると、その「心理試験」という題名が怪しくぬらりと光ったような気がした。

まずは心を落ち着かせなければならない。そうだ、たとえ大衆向けの低俗な読み本だったとしても、何もないよりましだろう。彼は少し力を入れればすぐに引きちぎれてしまいそうな粗末な紙をめくった。

が、驚くべきことに、それは彼の心を見透かしたような物語だった。フキヤ・セイイチロウという傲慢な青年が、自分の前途のために金貸しの老女を殺し、財産を奪い取るという筋立てだったのだ。フキヤは狡賢いことに、老女のため込んだ金の半分だけを奪った。そうしておけば、老女の財産の総額を知る者はいないのだから、金が盗まれたという事実に誰も気づかないという寸法だ。それどころか彼は、その盗んだ金を入れた財布を、拾得物として警察に届けたのだった。それ以上安全な隠し場所はない。もちろんその金を自分のものだと言って名乗ってくる人物などありはしない。さすれば、一定の期間が過ぎればその金は届け出たフキヤのものになる。一つ誤算だったのは、老女の家に下宿していた友人のサイトウという男が、心得違いを起こして老女の残りの財産を着服し、被疑者となったことだった。しかし犯罪の天才とも言うべきフキヤは、その冤罪に罪の意識を持つどころか、「しめたものだ」と考えるのだった。

自分自身を落ち着かせようとして始めた読書だったが、ラスコーリニコフの心はより一層ひどく乱されることとなった。フキヤに対する嫌悪感と、逃げおおせてほしいという奇妙な友情めいた気持ちが嵐のように右から左から吹き荒れた。フキヤの前に現れたのは、心理学に精通した予審判事カサモリだった。カサモリは、サイトウと、当時老女の家に出入りしていただけではなく大金の入った財布を拾得したというフキヤにも疑いの目を向け、二人を心理試験にかけるのである。

その試験は連想法によるものだった。が、フキヤは事前にそのような試験が行われるであろうことを予測し、自分に訓練を課すことによって、見事その試験を潜り抜けてしまう。このままフキヤは逃げ延びるかと思われたのだが、カサモリに入れ知恵をする人物が現れた。私立探偵のアケチ・コゴロウという男だ……。

ラスコーリニコフは読み終えた冊子を床に放り捨てた。

フキヤはアケチが張り巡らせた心理戦の罠にかかり、犯人として特定されてしまうのだった。

何より衝撃的だったのは、ラスコーリニコフは読みながらフキヤと全く同じことを考え、全く同じようにアケチの罠に落ちたことだった。

恐ろしい物語だった。

汗が全身から吹き出し、手が震えた。

どうあってもあれは成功しないということなのか。逃げ道はないということなのだろうか。

いや、どうだろう。ラスコーリニコフは震える手で冊子を再び手にした。まったく逆かもしれない。フキヤの犯した間違いを自分がしなければ、事は成功するのではないだろうか。ロシアにも心理学に通じた予審判事や刑事がいるというような話は聞く。しかし、もしそういう連中とかち合ったとしても、フキヤよりもなお一層の注意を以て彼らと対峙すれば、難局は乗り切れるのではないだろうか。

彼は改めてその冊子をしげしげと眺めた。

著者はエドガワ・ランポという、聞き慣れない奇妙な名前になっている。発行地はトウキョウという、これまたどことも知れない場所だった。冊子は、一九二五年のそのトウキョウという都市で発行された物語をロシア語に翻訳したという体裁を取っていた。発行地を架空の都市名にし、著者を外国人めいた名前にするやり方は、非合法の地下出版では時折り取られる手法だった。もちろん、本当の著者や発行場所を特定されないようにするためだ。

しかし、一九二五年とは！　未来に書かれた異国の犯罪小説とは！　は、は、は！　ラスコーリニコフは力なく笑った。これが笑わずにいられるだろうか。何より滑稽なのは、自分がその読み本に力づけられていることとだった。

たとえ疑いをかけられたところで、物的な証拠さえ残さなければ、目撃者さえいなければ、フキヤ以上の周到さを以て取り調べに挑めば、それでいい。

その自信はあった。少なくとも、この冊子を読む前の自分と、今の自分は違う。

明日、夕刻にアリョーナ婆さんは確実に一人になる……。

ラスコーリニコフは冊子を抱えたまま、いつの間にか眠りに落ちていた。

それ自体は非常に順調かつ円滑に行われた。いったいどんな運命が、どんな巡り合わせが、どんな偶然がそれを可能にしたのだろうか。センナヤ広場の時以上に、どんな悪魔がそれを応援したのだろうか。すべては滞りなく行われた。感情は遮断され、物事だけが進んでゆく。誰かに手を摑まれ、否応なく、訳も分からぬうちに、超自然的な力で有無を言わさず、引き立てられてゆくようだった。着ている服の端を機械の歯車に挟まれ、ぐいぐいその中に引き込まれてゆくようだった。

ラスコーリニコフは一時、フキヤと同様に道具の要らない絞殺を考えたが、思い直し、最初の計画通りに斧を使うことにした。もちろん、斧とは言っても、森で大木を切るような鉞《まさかり》ではなく、台所などで薪を細かくするような時に使う小斧だ。たまたま席を外していた庭番の小屋からやすやすとそれを盗み出すと、外套の内側にぼろきれで作った輪っかにそれを通した。これはラスコーリニコフが考えた巧妙な仕掛けで、斧はこうして持ち運べば、外から見れば彼は手ぶらに見えるという寸法である。きっかり七百三十歩の＊＊＊通りに、誰にも見とがめられないただの通行人として行く。例のばかでかい建物は人口が多いだけにそれなりの出入りがあるのだが、その時はたまたま誰にも見られずに例の裏階段に到達した。

二階の空き部屋ではペンキ職人が二人作業をしていたが、うまい具合に彼らにも見られることなく四階に上がった。アリョーナ婆さんの向かいの部屋は、この間引っ越しがあったばかりで誰もいない。ブリキの呼び鈴を鳴らし、質草を持ってきたと告げると、アリョーナ婆さんは夕日の差し込む部屋にラスコーリニコフを渋々招じ入れた。

銀の煙草入れだという紙包みを渡す。これもまた彼が考えた仕掛けで、中は実は銀の煙草入れなどではない。ただの木切れに、金属片でそれらしく重みをつけた包みだった。アリョーナ婆さんは、なんだってこんなにぐるぐる巻きにしてと文句を言いながら、その包みを解くために屈み込む。彼女は今、それに集中し切っていて、他のものは何も目に入らない。

そう、その瞬間だ。すべてはその瞬間のための計画だった。だがその瞬間、両手の力が抜けそうな感覚が彼を襲った。しかし一刻の猶予もない。手が機械的に動き、老女の頭めがけて斧が振り下ろされた。我知らずのうちに躊躇があったのだろう。斧の刃ではなく、峰が彼女の脳天を打ち砕いた。夢中で何度も何度も斧を振るう。老女は倒れ伏し、血が流れる。

ラスコーリニコフは老女の首から下げられていた財布や鍵束を探り出すと、隣室の箪笥やトランクをあさりに行った。

結論から言おう、アリョーナは死に、妹のリザヴェータも死んだ。ラスコーリニコフは標的のアリョーナのみならず、その時たまたま帰宅したリザヴェータをも殺したのである。そのわりに、動転もあって、彼はたいした盗みはしなかった。だが、悪魔は最後まで彼の味方をした。質入れか何かの用事で客がやって来た時、彼は間一髪で内側から閂《かんぬき》をかけて難を逃れた。そして再びペンキ職人たちのすぐ傍を目撃されることなく通り過ぎると、誰にも怪しまれずに下宿屋に帰り着き、またもや誰にも見られずに、洗った斧を元の庭番小屋に戻すことに成功したのだった。

部屋に入るなり、彼は服を着たまま、どうとソファに倒れ込んだ。眠りはしなかったが、忘我状態にあった。この時誰かが部屋に入って来たら、ただちに跳ね起き、大声で叫びだしたに違いない。

　すべてがうまく行った。うまく行ったのだ。あまりにも何もかもがうまく行き過ぎ、こんなご都合主義の物語など存在しないだろうというくらいだった。


　あの冊子は予言の書だとでも言うのだろうか。ラスコーリニコフの前には、心理学に長けた予審判事が現れた。

　あれの後、彼は原因不明の――いや、本人にしてみれば原因は明々白々だったが――熱病で、数日の間ほとんど意識不明で過ごした。その間は友人のラズミーヒンや医者のゾシーモフがお茶を飲ませたり何だりと面倒を見てくれたらしい。何かうわ言で手掛かりになるようなことを言ってしまわなかったかが気がかりだったが、彼らは、金貸しの老女が殺害された事件とラスコーリニコフとを結びつけるようなことはなかったところを見ると、おそらく大丈夫だったのだろう。

　身体は弱り切っていたが、どうにか意識を取り戻すことはできた。ラスコーリニコフは、体力が少し回復すると友人たちの隙をついて屋根裏部屋から脱走し、《水晶宮》なるレストランでここ数日の新聞を読み漁った。事件についての報道を知るためだ。そして、ついつい、あれの現場を見に行ってしまった。こんな疑われるような真似はすべきではないのだが……。アリョーナ婆さんの部屋はすっかり掃除がされていただけではなく、驚いたことに、すでに模様替えの最中だった。

少しでも疑いを持たれないようにするためには、何も行動しないでいるべきだろうか。それとも、何かをしたほうがいいのだろうか……。少なくとも、無実の人間ならばするはずのことをするべきだ。彼はラズミーヒンに、例の殺された金貸しに父親の形見や妹の指輪を質入れしていることを告白し、請け出すためには事件担当の予審判事のもとに相談に行くべきかどうかを尋ねた。ラズミーヒンによれば、その予審判事は彼の遠縁にあたる男だという。それなら、社交的な訪問のついでにその件を尋ねるということもできそうだった。

ラスコーリニコフは、友人に付いてそのポルフィーリー・ペトロヴィチ・某《なにがし》という予審判事の住まいを訪れた。

ポルフィーリーは三十五、六歳の太り肉《じし》の男で、髭はこざっぱりと剃り、髪も短くしていた。美男のラスコーリニコフに比べれば大分見劣りはしたが、知的で頭のよさそうな印象だった。

「警察に届けを出さなくちゃいけませんね」品物の請け出しの件について、彼は明確に答えた。「これこれこういう品物は自分の預けたものだと申告するんです。それらの質草がなくなってしまうようなことは心配ありませんよ。あなたが質入れした時計と指輪は、まとめて紙に包まれて、あなたの名前や日付けが書かれていたので、把握しています。実を言うと、私はあなたがここに来られるのを待っていたくらいです」

「そんなことまで、よく覚えていますね……。質入れした人は僕の他にもたくさんいたでしょうに」

「他の質入れ客とは全員、すでに面会しました。あなただけがまだここにいらっしゃらなかったのです。それと、数か月前にたまたま読んだ論文で、あなたの名前を記憶していたものですから」

ラスコーリニコフは興奮と震えを何とか抑え込んだ。ポルフィーリーは何も気づいていない様子で、その論文についての話を始めた。これは何かの罠なのだろうか。ラスコーリニコフは慎重の上に慎重を重ね、内心を読み取られないように注意しながら応じた。が、ポルフィーリーの話は回りくどく、ラスコーリニコフに何とかして自分に犯罪者の素質があると認めさせようとするもののように思えた。ラスコーリニコフはたまりかねて話を切り上げた。

「もしかして、あなたは僕を正式に尋問したいんじゃありませんか？」

「いえいえ、どうしてそんなことがあるでしょうか。実はもう容疑者がいるのですよ。あ、あの時階下でペンキ塗りをしていた職人の一人なのですがね、しかし、もしかしたら彼はシロかもしれないのです。ああ、そうだ、丁度いい、いい頃合いで思い出しましたよ！　あなたにも証言をお願いしたいことがありました。ええと、あなたがあの階段を通りかかったのは、七時過ぎでしたっけ？」

「ええ、七時過ぎくらいでした」

そう答えたが、こんなことは言わなくてよかったとすぐ不快な気分になった。

「そうですか、では、あなたは覚えていらっしゃらないでしょうか？　彼らにとって大事なことなのですが、その階段を通りかかった時、あなたは見なかったでしょうか？　扉が開け放されて、ペンキ職人が中で作業をしていたことは？　彼らはいったい、どんな様子でしたか？」

これは……！

ラスコーリニコフには分かった。これは、フキヤがカサモリ予審判事にかけられたのと全く同じ罠ではないか！ そう、ポルフィーリーは意図的に事件当日とラスコーリニコフが質入れに訪れた日を混同したふりをしているのだ。もしここで、彼らに疑いをかけようと嬉々としていかにも怪しい様子だったのかなどと喋り散らそうものなら、「あなたが質入れに訪れた日にはペンキ塗りはしていなかった」とずばりとやられるのだ。

ラスコーリニコフは勝ち誇った気持ちで答えた。

「いいえ、あの時は開け放された扉などありませんでしたよ。そうそう、そう言えば、あの日は四階の、アリョーナさんのお向かいの一家が引っ越しをしていました」

「そうでした！ うっかりしていました！ 何か証言を得なくてはとずっと考えていたものですから。この事件のせいで頭がごちゃごちゃになっていましたよ」

ポルフィーリーはその後も愛想よく受け答えをし、ラスコーリニコフとラズミーヒンを送り出した。

勝った。ラスコーリニコフはエドガワ・ランポのおかげで、ポルフィーリーの心理試験に勝利したのだった！

「いや、どうも、今度はまったく困りましたよ」

事件関係者の一人、ラスコーリニコフ青年との最初の面会が行われた翌日、ポルフィーリーは自宅の書斎で友人であるフョードル・ミハイロヴィチ・ドストエフスキーという作家と面談していた。『死の家の記録』や『虐げられた人々』を読んだ人は、このフョードル・ミハイロヴィチがどんな男だかということをご存じであろう。彼はその後、しばしば困難な作品を発表して、その珍しい才能を現し、専門家たちはもちろん、一般の世間からも、もう立派に認められていた。予審判事ポルフィーリーとも、ある作品から心易くなったのであった。

「例の老婆殺しの事件ですね。どうでした、心理試験の結果は」

「いや、結果は明白ですがね」ポルフィーリーは困り果てて答えた。「それがどうも、私には得心ができないのですよ」

ポルフィーリーは昨日のラスコーリニコフとの面談の件を話した。

「なるほど、彼はあなたの試験を見事パスしてしまったというわけですか」

「まあそういうことになりますね。もっとも、これで全て彼への疑いがすっかり晴れたというわけではないんですが」

「しかし、どうしてです?」

フョードルは少しばかり前のめりになって、興味深げに訊ねた。四十代半ばながらすでにかなり広くなった額や、野趣のある頰髯《ほおひげ》、落ち窪んだ眼窩の奥から覗く鋭い視線には、彼が知性においても、ある種の図太さにおいても、ただならぬ人物であることを示していた。ポルフィーリーは彼のその視線からは何者も逃れ得ぬことを知っていた。

「あの老女に質入れしていた人間は大勢いたはずです。何故あなたは、その元大学生にだけそんな試験を課したのですか？」

「それなのですがね、奇妙な偶然によって、私はそのロジオン・ロマーノヴィチ・ラスコーリニコフという名を記憶していたのです。というのも、数か月前、ある言論雑誌で読んだ論文が忘れがたく、その著者が彼だったものですから」

「そんな何か月も前に一度読んだだけの論文の著者を覚えているとは、あなたの記憶力が並外れたものだったか、それとも、その論文がよほど忘れがたいものだったということでしょうね」

「その両方かもしれません」

ポルフィーリーは自惚《うぬぼ》れではなく、事実としてそれを認めた。

「ほう、で、その論文というのは、どういう内容だったんです？」

「これがまた奇妙で独創的なものでして、どうやら彼は誇大妄想と言ってもいい考えを持っているようです。曰く、人間には二種類ある。第一の階層は低いグループで、これは世の中を作る材料、第二の階層は才能を持った革新的な人間で、彼らはより大きく新しいことを成し遂げるグループだということです」

「いや、それは独創的とは言えないでしょう。そんな選民思想は、人類の発祥から今日まで、ありとあらゆるところで語られてきたものです」

「もちろんそうでしょう。しかし彼の考えの目新しいところはここからです。彼によれば、その第二の人間は、結果として世の中の未来を切り開くためであれば、法律や流血も踏み越えてゆく、犯罪と言われる行為も許される、ということだそうですよ」

「ふむ……それでは」フォードルは少し声を低めた。「そのラスコーリニコフという男は、自分がその第二の階層に属していると考えているわけですな」

「よくお分かりで」

ポルフィーリーは素直に感服した。やはりフォードルの洞察力はただ事ではないものがあるのだ。

「私も何度も質問を変え、角度を変えて切り込んでみましたが、彼は明言こそしなかったが、そう考えていることをほのめかしました」

「まあそうでしょうとも。自分を凡人と思いながら選民思想を語る人間はおりません。それを語る者は必ず、自分が特別な人間だと自任しているものですよ」

確かにそれはそうだ。

「しかし、だからと言って、彼があの老女殺しの犯人だと短絡するわけにもいきますまい」

「もちろんその通りです。目撃情報や本人の自供、そして盗まれた品物という物証が揃わない限り、断定するわけにはいきません」

フォードルは頷き、右手を顎鬚に触れた。何かを考えこんでいる様子だった。

「それにしても解せないのは、彼が何故、私が何の前触れもなく繰り出した心理試験にパスしてしまったかです。彼の答えぶりには、まるでこのことを予見していたかのような余裕さえありましたからね」

「そのことなのですが、私に一つ、心当たりがあります」

「何です？」

「最近、巷に出回っているある読み本の冊子なのですが……」

フォードルはそこまで言うと、少し迷っておもむろに立ち上がり、扉の取っ手を音がしないようにゆっくりと押し、廊下に人の気配がないかどうかをうかがい、また音を立てないように扉を閉めて席に戻った。

「これは本当に奇妙な話なのですが、最近、ある読み物が出回っておりましてね。私も一部手に入れました。エドガワ・ランポ、綴りはЭ、д、о、г、а、в、а、Р、а、м、п、оでしたかな、そういう異国の人物が書いた一九二五年の短篇小説という体裁を取っているものなのですが……」

「一九二五年ですって?! そんな馬鹿な！ 今は一八六五年ですよ！」

「そこがそれ、奇妙なところだというのです。まあ、おおかた、地下出版によくある意図的な攪乱でしょう。ある男の猟奇的な心理と犯罪を描いた物語です。私の見立てでは、ラスコーリニコフ青年はその冊子から大いに霊感を得たものと思われますな」

「犯罪の物語ですか。それは穏やかではありませんね。で、いったいどういう話ですか？」

フォードルはその物語の具体的な筋立てを語ろうとはしなかった。ポルフィーリーは幾分か苛立って質問を変えて訊ねたが、彼は頑としてそれを拒んだ。

「しかし、もしそれを読んだら、あの青年を出し抜くことはできるでしょうかね？」

「さあどうでしょう。それは読む者次第ということでしょうな。良識のある読者ならただその恐ろしい物語を作り物とわきまえて読むだけでしょうが、主人公の屈折した内面に入り込んで、自分自身がその倒錯者と一体になるような読み方ができれば、あるいは何らかの教唆は得るでしょう」

「こんなことをお願いするのはどうかと思われるかもしれませんが、もしよければ、その、それを私に貸しては頂けないでしょうか？」

フォードルはつと目を逸らした。

「残念だが、それはできません。もうとっくに暖炉で焼いてしまいましたよ。私がその手の怪しげな文書を持つことの危険性をご理解いただきたい。私は反体制の嫌疑で一度は死刑の宣告を受け、四年間シベリア暮らしをした身であることは、あなたもよくご存じのはずだ。禁書やそれに類したものを手元に置いておくわけにはいかないのです」

それもそうだ。ポルフィーリーは理解を示したが、気落ちは隠せなかった。

「ではせめて、その題名だけでも教えていただけないでしょうか？」

「実を言うと、私も題名は知らないのです。私が手に入れたのは、既に何人もの手を渡った代物であるらしく、あちこちが破れ、表紙も半分にちぎれていて、題名の部分がなくなっていたものですから。あなたもこのことはお忘れなさい。なに、犯人は物証をあげればいずれ捕まります。事件の解決のためには何も倒錯者の心理に没入する必要はないですよ」

フォードルはそう言ったが、その眼には何かほの暗いものがちらついているように見えたのだった。

ポルフィーリーは焦った。ラスコーリニコフ青年の召喚までには、残り数日しかなかった。彼の取り調べまでには是非、その冊子を手に入れなければならない。

まず手始めに、彼は皇帝官房第三部が押収した発禁文書の類を検索することを考えた。が、間もなくその試みは無駄であることが分かった。何しろ相手は秘密警察だ！　一介の予審判事など相手にはされなかった。なけなしのコネをはたいてたどり着いた検閲官は事情を知ると親切な対応をしてくれたが、彼もエドガワ・ランポの名を聞いたことはあっても、実物の文書を手にしたことはないと言った。

次に手を付けたのは、怪しげな地下出版も扱っていると噂される読み本屋や新聞スタンドを片っ端から当たることだった。しかしそうした類の物売りたちはさすがに鼻が利くようで、ポルフィーリーの役人の匂いを嗅ぎつけたか、しらを切り通した。こちらはこちらで第三部とは逆方向に、しかし全く同じ程度に相手にされなかった。当然だろう。ポルフィーリーは市役所の出納係《すいとう》などの役人とは訳が違う。筋金入りの判事だ。

警察に出入りする怪しげな情報屋に幾何《いくばく》かの金子《きんす》を摑ませて——これは私財だ——使いに遣《や》ったが、成果を持ち帰った者はいなかった。

時間ばかりが経つ。情報屋たちを街に放った後、彼自身もЖ《ジェー》＊＊街やБ《ベー》＊＊街のアーケードの下、И《イー》＊＊聖堂横の雑踏に屋台を出す読み本屋を漁りに行った。犯罪実録ものの冊子はいくらでもあったが――実際に起こった事件を煽情的に書き立てたものだが、刑事裁判の現場にいるポルフィーリーの目には、むしろ物足りない代物だ――エドガワ・ランポの冊子は一冊も見つからなかった。

いよいよ明日はロジオン・ラスコーリニコフの召喚の日だ。ポルフィーリーは横ざまの夕日に焙られた場末の路地に佇んでいた。今日も全て空振りだった。地下出版を扱わない普通の読み本屋たちは質問には答えてくれたが、彼らは検閲官同様、エドガワ・ランポの名を耳にしたことはあると認めはしたものの、実物は持っていないと言うのだった。もしかしたら、そうは言いながらも上客のために隠し持っているということも考えられる。ポルフィーリーは法外な値段をつけるようなことをほのめかしたが、「実は」と言いながら彼を裏に招じ入れる者は一人もいなかった。高額な報酬の前で悔しそうに残念がる様子は演技ではなさそうだ。

もはや打つ手はないのだろうか。いや、まだ何かあるはずだ。そう、判事としての原点に立ち返ろう。自分は素人ではないのだ。

事件を扱う時、行き詰まったらどうしている？　容疑者の身辺に関する事実の洗い出しをするのではないか？　では今回はどうすべきだろう？　そう、最初にエドガワ・ランポの件を持ち出してきたフョードルをゼロ地点とすべきだ。検閲や秘密警察を誰よりも恐れる彼だが、一時《いっとき》とはいえそうした危険な冊子を持っていたということは、彼の身近に、そういう文書を入手できる場所なり人物なりがあるということではないだろうか。

ポルフィーリーは今一度、フョードルが住むC《エス》＊＊街に足を向けた。

このあたりにも、低俗だが平凡な読み本屋はあった。そうした店に出向き、好事家《こうずか》を装って店主と話をし、しばらく後《のち》にエドガワ・ランポの名前を持ち出してみた。役人臭は抜けていないが、この数日間、自分自身が珍本の蒐集家になったかのように店をめぐってきているので、幾分かは本物らしさが身に付いたのかもしれない。店主たちは胡散臭《うさんくさ》そうな目を向けずに質問に答えてくれた。だが、実際にエドガワ・ランポの冊子を持っている者はやはりいなかった。

「しかしね、お客さん、もしかしたら、なんだが」

もうこれで最後と狙い定めた一軒で一ルーブルばかりの金を差し出すと、赤ら顔の亭主が声をひそめて言った。

「いや、どうか分からんが、もしかしたら、ニーノチカが何か知ってるかもしらん」

「ニーノチカ？」

「あ、いや……まあ、その、何というか、そういう類の商売が得意な女でね。まあ、この界隈で探しゃ、いずれ出会わんでもないだろうよ」

ポルフィーリーは銀貨を握らせた。

亭主は数軒先のある酒場の名前を告げると、何だったか、合言葉があったはずだと言い出した。さらに札を二枚握らせると、ポルフィーリーはその合言葉を手に入れた。

安酒と揚げ物と吐瀉物の匂いが淀んだ半地下の酒場に下りて行くと、亭主が品定めをする目つきでねめ回してきた。ポルフィーリーはできるだけさりげない様子で合言葉を口にした。亭主は返事もせず、厨房の横にある物置口のような扉を開いた。

中は真っ暗で、どうにか人一人が通れるくらいの狭苦しい通路になっていた。どうあってもここを先に行かなければならないようだ。ポルフィーリーは覚悟を決めると、手探りで前へ進んだ。

突然、薄っぺらな板で出来た扉に突き当たる。それを引き開けると、その向こうには何十という木箱を乱雑に積み上げた狭い部屋があった。明かり取りの窓は一つきりだ。古い紙と傷んだ膠《にかわ》のような悪臭が充満し、何やら奇妙な甘ったるい匂いも混じる。

木箱ばかりの部屋かと思ったが、その中で何かが動いた。利那、鼠の群れかとも思えたが、それはこの暑いのに大きな肩掛け《プラトーク》を首元にしっかりと巻きつけた初老の女だった。

「あなた……が、ニ、ニーナさん……？」

ポルフィーリーが恐る恐る訊ねると、女は数秒間まるで反応をしなかったが、あらぬ方向を見て、何やら哀しそうな笑みを浮かべて、そうだと答えた。

「エドガワ・ランポの作品を探しています。あなたならきっとご存じだとうかがったのですが……」

女はぽんと手を打って満面の笑みを浮かべると、曖昧に右手を振り回した。

「あのへん、に、ありますよ」

「あのへん……？」

「あの、へん」

女の右側には、正面や左側と同様、ただ乱雑に木箱が積み上がっているばかりだ。

「あの、へん！」

長々と問答している場合ではない。ポルフィーリーは夕日の明かりの中に木箱を一つずつ降ろして、中の本を片端から取り出した。

ヒサオ・ジュウラン、一九五〇年……ユメノ・キュウサク、一九三五年……ウチダ・ヒャッケン、一九五七年……ナカイ・ヒデオ、一九六九年……ウンノ・ジュウザ、一九三八年……イズミ・キョウカ、一九〇〇年……イナガキ・タルホ、一九二三年……ヨコミゾ・セイシ、一九四九年……耳慣れない名が並び、どの本にも少年愛だのドグラ何とかという異様な題名がつけられていた。ほんの数ページの薄い冊子もあれば、塊のような大部冊の書籍もある。しかも、どれもが半世紀近く後かそれ以上の年号が記されているではないか！

ポルフィーリーは目眩を覚えた。それらの名や題名はどれも、我知らずのうちに引き込まれてしまうような、蠱惑的な妖気を放っている。

いけない。ポルフィーリーはぎゅっと目を閉じると、自らを鼓舞するように己《おの》が頬を打った。これではいけない。気をしっかり持たなければ。

今はエドガワ・ランポの冊子を探さねばならない。Э《エー》で始まる著者名を探していけばいい。そう、ただただ機械的に作業をこなすばかりだ。

エドガワ・ランポ、一九二五年。

一瞬心臓が止まるかに思えた。

夕日がどんどんその位置を変えて行く中、六つ目の箱だっただろうか、ポルフィーリーはついに、エドガワ・ランポの名を引き当てたのだった。

それは極めて猟奇的な物語だった。健全な結末が用意されていたが、この心理に感化された者たちが社会に放たれれば、大変なことになるだろう。なるほどフョードルが詳《つまび》らかにしようとしなかっただけのことはある。ポルフィーリーは一読して激しい嫌悪を覚えた。予審判事として法と社会秩序を守る彼には、とうてい耐え難い内容だった。しかしここにラスコーリニコフ青年を正義に導く手がかりがあるのかと思えば、読まないわけにもいくまい。だが、この筋立ての一体どこにそのヒントがあるというのだろう？　彼は二度、三度とそれを読み返した。すると、それまでは感じなかったある気持ちが、ひたひたと胸に迫ってくるのだった。

そうだ、ヒントは筋立ての中にあるのではないのだ。フョードルが、あの慧眼の作家が言う通り、主人公の屈折した内面に入り込み、自分自身がその倒錯者と一体になるような読み方ができれば、その時にこそ真の教唆が得られるのだ……

夜中、幾度目かの読了の後、ポルフィーリーはそれまでの人生で味わったことのない、激しい快感を覚えた。もしかしたら、自分の人生に最も必要なものがここにあるのかもしれない。いや、これこそが、今まで見ないようにしてきた己の真の姿なのではないだろうか。

その晩、彼は夜を徹してラスコーリニコフ青年を待ち受けるための準備にいそしんだ。その作業はひどく困難なことに思えたが、いったん始めてしまうと、自分でも驚くばかりに順調に進んだのだった。執務室と居室が隣接していたため、その全てを一人で内密に行うことができた。

翌朝、疲れてはいるものの、ポルフィーリーはかつて感じたことのない深い満足と共に勤務の時間を迎えた。あと半時もすればロジオン・ラスコーリニコフがこの執務室にやって来る。期待に胸が高鳴る。どのような結末が訪れるのかは分からないが、この主人公と一体になりその内奥を我が身に体現した今、間違いなく素晴らしい結論が得られるに違いないのだ。

ポルフィーリーは身動きもままならない狭い暗がりの中で、懐に忍ばせた冊子を愛しげに撫でた。

「人間椅子《チェロヴェーク・クレスロ》」

**引用**

フョードル・ミハイロヴィチ・ドストエフスキー著　亀山郁夫訳『罪と罰』　光文社古典新訳文庫

江戸川乱歩「心理試験」（『日本探偵小説全集2　江戸川乱歩集』　創元推理文庫所収）

# 桜の園のリディヤ

一九七八年、小学六年生だった私は、友達が貸してくれたある少女マンガ誌を読んで大変な衝撃を受けた。あれはまだ夏休みの前だったと思う。ということは『スター・ウォーズ』の日本公開の直前だ。図書館や学校図書室のＳＦやミステリを読み漁っていた私は、子供ながらにそこそこ目は肥えていたと思う。しかしそんな私にもその作品は衝撃的で、ＳＦのすごさ、素晴らしさを改めて思い知らされ、創作への憧れをがっつりと植え付けられたのだった。それが佐々木淳子の最初期の大傑作、「リディアの住む時に…」である。

衝撃という意味では『スター・ウォーズ』より上だった。私は無い知恵を絞って雑誌の編集部宛にファンレターを書き、直筆イラスト入りのお返事をいただいた。もう天にも昇るような心地だった。その葉書はずっと大切に保管してきたし、『那由他』や『ディープグリーン』等の佐々木淳子作品を愛読してきた。それで充分満足だったのだが、天は私に、二〇一九年の夏に思いもかけぬチャンスを与えてくれた。ご本人が埼玉でのＳＦ大会にいらっしゃるというのだ！　何か企画があれば私も参加したいさせてくださいどうかお願いしますと実行委員に頼みこんだところ、私に企画を主催してもらえれば、と逆に提案されたのだった。乗らないわけがない。もちろんやります。もう全身全霊、全力投球でさせていただきます、というわけで、ＳＦ大会の企画として、公開インタビューが実現し、私はファン歴四十一年にして、ついに佐々木淳子先生ご本人にお目にかかったのだった！

……すみません。興奮し過ぎました。

「リディア」は、時間テーマの短篇である。このアイディアはあまりにも画期的だったので、いつか「リディア」をフィーチャーした作品を書いてみたいと以前から思っていたのだった。対談でそんなことを話している時、突然思いついたのが、チェーホフの『桜の園』とのリミックスができるのではないか、ということだった。その企画の最中には『桜』には言及しなかったが、もう私の中では両者のリミックスは決定だった。

長篇の執筆などがあったので実際に手をつけたのはその一年後になったが、「リディア」と『桜』は驚くほどスムースに混ざった。本作の論文の件や、最後の最後に出て来る時空の歪みは筆者のオリジナルだが、根幹のアイディアは「リディア」本来のものそのままで、登場人物はリディヤを除いて全員、『桜』の人物だ。本書の中ではもっとも奇抜なところのない正統派のSFに仕上がったのではないかと思う。

もちろん、「リディア」も『桜』も、どちらも読んだことのない読者にも楽しめるように書いている。というより、読んだことがない方にこそ読んでいただきたい。「リディア」は収録されている短篇集『Who!』が二〇二一年現在古書でしか手に入らないのが残念だが、そちらも機会があれば是非読んでいただきたい。

ちなみに、前述のSF大会の際、中学生の頃から持ち続けたハードカヴァー版の『Who!』についにサインを入れていただいた。いやあもう大感激である。例の葉書もその『Who!』に挿んで保存してある。どうだ羨ましいだろう！　あっ、すみません、また興奮してしまいました。

私は以下に記す出来事が一点の曇りもなく真実であることを誓う。あの桜の園での出来事は、一字一句、偽りなく、真実だ。誇張もなければ嘘もない。私は見たまま、聞いたままを書き記すつもりだ。

ただし、証拠は何一つない。全ては私の記憶の中にしか存在しない。ラネフスキー家の人々は一人残らずいなくなり、あの美しかった桜の園も、もうこの世には存在していないのだから。

事の発端は、桜の園で有名なある県で、私が列車を降りたという、ごくささいな、どうでもいいような出来事に遡る。一九〇五年の八月上旬のことだった。夏とはいえ、気温は夜にはかなり下がることもあり、夏の景色と日の長さとその寒さが不釣り合いな、あのおかしな気候の時期のことだ。

私は当時、もう二十六歳にもなったというのに、まだ大学生だった。落第や放校を繰り返していたのだが、今にして思うと、私はわざとそんな生活をしていたような気もする。二十世紀という新時代を迎えてもいまだ後進国であり続けるこの国で、私は行き当たりばったりの日々を過ごしていた。末期症状の帝政と無政府主義者の暴力、大人の無気力、若者の鬱積がくすぶるロシア。我が祖国の行く末に希望が見出せず、唯々諾々と勤め人になる気もせず、かといって革命派に身を投じるほどの勇気もない。そんな私にとって、家庭教師や翻訳で食いつなぎ、たまに大学の授業に出てはあちこちを放浪するという暮らしは気楽だった。知的な階級に属しながらも、労働もする。そう、当時の私は愚かにも、自分が理想の生活を送っていると心底信じていたのだ。

もっとも、私の人生には何かが欠けているという、漠とした不安はあった。それが何かは分からないが、何か重大なもの、決定的な何かが欠けていた。その何かを希求する気持ちが、私をあの旅へと向かわせたのかもしれない。

そんな私は、あの時も例によって鉄道を乗り継いであてどのない放浪をしているところだった。目的などなかった。ただ、道中、見事な桜の園の噂を聞いて、そんなに美しいのなら、せっかく近くまで来たのだから見に行ってやれ、くらいに思っていただけだ。あの日、列車の到着は遅れに遅れ、早々と日が昇りつつあった早朝、ようやくその駅にたどり着いた。駅に降り立った時、運命が私を捕らえたのだった。

「ペーチャ！　ペーチャでしょう?!　間違いないわ！」

駅舎の中で私に呼びかけてきたのは、まだ十五、六歳くらいと思われる美しい少女だった。美しいとは言っても、都会の女たちのような攻撃的なまでの美貌ではない、平凡でありながらも美しいという種の、慎ましい美しさだった。旅行服に身を包んだ少女は、駅舎の窓から射す一条の光の中で金色のお下げ髪を揺らし、とび色の瞳を見開いて、喜びと驚きが半々といった顔を私に向けていた。

こんな辺境に、私を親しげな愛称で呼ぶ人間など居るはずがなかった。が、辺りを見回すまでもなく、その時その駅に降りた男性は私一人だった。明け方とはいえ駅舎の中はまだ薄暗かったので、誰か知り合いと見間違えたのだろうと思った。完全に無視するのも失礼かと思い、私は顔をはっきりと見えるよう彼女に向けて曖昧に一礼し、通り過ぎようとした。しかし少女は私に駆け寄ると、ごく親しい相手にするような遠慮のないしぐさで左腕を捕らえ、もう一度私の愛称を呼んだ。

「どうして無視するの？　ペーチャ！」

私は、失礼にならない程度にそっと、しかし決然と、彼女の手を振り払った。

「確かに私の名はピョートルですが、お人違いでしょう」

「何を言っているの？　私よ。アーニャよ。アンナ・アンドレーエヴナ・ラネフスカヤ。まさか忘れたわけではないでしょう？」

「忘れたも何も、私はこの土地に来るのは初めてで、知り合いなど……」

「でもペーチャ、あなた、全然変わっていないのね！　年も取っていないなんて、信じられない！」

「だから人違いだと……」

アーニャと名乗った少女は再び私の腕を掴み、たった今彼女に続いて列車から降りてきた中年の貴婦人と、彼女らの出迎えと思しい従僕たちに向かって叫んだ。

「ママ！　ペーチャが帰ってきたの！　また桜の園の舞踏会に来てくれたのよ！」

彼女が呼びかけた一行は、全員が私を見た。使用人たちは特に反応もなく、すぐにまた荷物運びに戻ったが、旅装からしてそこそこの地主か小貴族と思われる貴婦人は、何か異様なものを見る目つきで私をまじまじと見つめたのだった。

アーニャがママと呼んだ貴婦人は、その少女に恐ろしいほどよく似ていた。いや、似ているなどというものではなかった。同じ顔だったのだ。そして、貴婦人の後に列車から降りてきた女性がこちらを向くと、その女性も、貴婦人よりは若かったが、同じ顔、同じ背格好をしていたのだった。

家族が似るのは当たり前だが、彼女たちは歳が違うだけで、まるきり同じ顔、寸分たがわず同じ顔だった。

私は思わず、無遠慮に三人の顔をまじまじと見比べてしまった。貴婦人ともう一人の婦人はこそこそと何かをささやき合った。が、アーニャだけは私の失礼な態度に気づいてさえいない様子で、楽しげに言葉を続けた。

「ペーチャ！　またうちに泊まってくれるんでしょう？　だって我が家での舞踏会に来てくれたんだもの、当然泊まっていくのよね？」

アーニャはしごく当然といった態度で私を婦人たちのほうに引っ張っていった。私はされるがままに引き立てられていった。

「ペーチャ、よく来てくれたわね」

「いらっしゃい、ペーチャ。歓迎するわ」

婦人たちはまったく同じ哀しげな笑みを浮かべ、同じ声で口々にそう言った。

困ったものだ。こうまで知り合い扱いされると、まるで自分が知人を見忘れたかのような罪悪感めいた気持ちになってくる。従僕の一人が馬車の準備ができたと告げに来ると、婦人たちは、馬車は二台あるからもう一台に乗っていらっしゃいと私に言って、駅舎の出口を指した。さあどうしたものか。私はもちろんためらったが、その時ふとある考えが頭に浮かんだ。そもそも私には泊まるところが無い。もしかしたら、知り合いでないことが分かっても、貴婦人が私を憐れんで召使小屋かどこかに泊めてくれるかもしれない。ついて行っても損はないんじゃないだろうか？

それに何より、私には好奇心があった。この謎の婦人たちはいったい何者なのだろうか。何か面白いことがあるかもしれない。私はそう思ったのだった。


「お母さま、お帰りなさい」

桜の並木道を抜けて屋敷に着くと、アーニャより七、八歳ほど年上の、アーニャやその母にやはり驚くほどそっくりだがきつい顔つきをした娘が迎え入れてくれた。彼女は私のような余所の男が家族にくっついてきたことに何の疑問も抱いていない様子だった。

「お母さま、こっちの部屋を通って行きましょう。このお部屋、何の部屋か覚えていらっしゃるかしら？」

「子供部屋ね。懐かしいわ。何も変わっていないのね」

「ええ。お母さまの白いお部屋もすみれ色のお部屋も、以前のままにしてあります」

　年長の娘が私たちを通した部屋には、貴婦人たちの帰りを待っていた人々がいた。女中服を着た三十がらみの女と、貴婦人より年上と思われる紳士だ。二人はまた肖像画を版画で刷り増したように、アーニャたちとそっくりだった。

「みんな！　見て！　ペーチャが帰ってきてくれたの！」

　アーニャは喜びが抑えきれない様子で叫んだ。

「でもペーチャったら、まったく年を取っていないじゃない？　不思議だけど嬉しいわ！　私たちね、八年前に約束したの。私が十六歳の誕生日を迎えるまで年を取らないで待っててって。ねえペーチャ、私、この間十六になったの。再来週ママが舞踏会でお祝いしてくれるの。うちでの舞踏会なんて、私が小さなころに一度あったきりで、久しぶりなのよ！　ペーチャはそのために来てくれたんでしょう？」

　アーニャ以外の家族は、最初に貴婦人が見せたのと同じ、何やら哀しげな笑みを浮かべて私を見た。

「ペーチャが来てくれたわ」

「もう八年経つのね」

「いらっしゃい、ペーチャ」

「お帰りなさい、ペーチャ」

「以前より痩せたかしら?」

「そんなはずないな。以前とまったく同じだ」

「本当に同じかしら?」

「同じよ、寸分たがわず同じ。残念だけど」

「いずれにしても、お疲れ様、ペーチャ」

紳士と女性たちは口々にそう言いながら私を迎えた。私はびっくりしてしまってなかなか口を挟めなかったが、ようやく立ち直り、皆の言葉をさえぎった。

「ちょっと待ってください。さっきそのお嬢さんにも申し上げたのですが、私はこの土地に来たのは初めてで、あなた方のことも知らないのです。どなたと間違えているのか分かりませんが、お人違いではないかと思うのですよ。私が忘れているだけという可能性も、それはまあ……どうでしょう、絶対にないとは言いませんが……どこかの夜会か何かで一度挨拶をしただけとか、そんな程度の関係でしたら、あるいは」

だが、こんなに印象的な家族を忘れるなどということがあるだろうか?

「しかし申し訳ないが、私には全く心当たりがないのです。ただ、あちらのお嬢さんが……」

私はアーニャを見ながら事情を説明しかけたが、アーニャの姉らしい例のきつい女性が、決めつけるようにそれを遮った。

「あなたがここにいらっしゃるのは分かっていました。来なければいいとどれだけ思ったことか。でも来てしまったのなら仕方がありません。当分ここにいらっしゃい。どうせ行く当てもないのでしょう?」

行く当てがないのは事実だが、そういう言われ方は不愉快だ。私は最初の目論見もどこへやら、こんなところからはさっさと出て行ってやろうと思い始めていた。

「だとしても、私はもともとここに長居するつもりなどないのですがね。目当てだった桜の園も馬車の窓からそこそこ見ましたし、朝の一番列車で発つとしようかと思っていたところですよ」

「それは無理です」

その女性はきっぱりと言い切った。

「何故です?」

「もうすぐ貨物列車が脱線事故を起こして、客車は一本も出せなくなります。そして、鉄道は少なくとも再来週まで復旧しません」

何という奇妙な話だろう、私は思わず半笑いで訊ねた。

「へえ、まるでこれから起こることが分かってでもいるような口ぶりですね」

「その通りです。少なくとも、八月二十二日までのことは分かっています。ピョートル・セルゲーエヴィチ・トロフィーモフ」

彼女は、まだ名乗ってもいない私の名を正確に呼んだ。

「でも、もしかしたら何らかの希望の存在となるかも知れないのもあなたです。我が家にお泊まりなさい」

「私を泊めてくれるというのですか？　見ず知らずの、どこの馬の骨とも知れない男を？　ほとんど女性ばかりの家に？」

「ええ。あなたのことはよく知っていますから大丈夫。ラネフスキー家へようこそ」

いつの間にか、寝間着を着た十歳にもならないだろう女の子が飛び出してきて貴婦人に抱きついた。大人たちの声で起きてきてしまったのだろう。女の子が頭を上げると、私の目に入ったその顔は、紛れもなく、貴婦人やアーニャたちとまるきり同じ顔だったのだ……


知った人が一人もいない集まりに紛れ込んだことはあるだろうか？　初対面の人物がほとんどという集まりは私も経験したことはあった。遠い親戚の弔事、友人のそのまた友人の茶会、官憲が喜ばない学生の集まり……しかしよく考えたら、何の時でも、必ず一人や二人は見知った人間がいた。ただの一人たりとも知った人間がいない集まりというのは、あの時が初めてだった。

貴婦人と家族との対面の後、別室で待っていたらしい数人の男たちが現れた。地元の名士たちのようだ。彼らとラネフスキー家の人々の会話から、彼らがマダムと呼ぶ貴婦人は五年ほどパリにいて、ようやく戻ってきたところのようだった。私をとっ捕まえたお下げ髪の少女はその娘アーニャ、きつい顔つきの女性はワーリャというらしい。騒がしい田舎紳士たちも普段の私なら疎《うと》ましく思っただろうが、この時ばかりはありがたかった。彼らとマダムたちとの会話から、徐々にこの家の事情が分かってきたからだ。

「ですから、マダム」

名士たちのうちの一人は、ことのほかマダムにご執心の様子だった。その男はロパーヒンという地元の商人だと後で知った。

「あなたのお兄様にも申し上げましたし、手紙にも書きましたが、もう一度言わせていただきますよ。桜の園を開発して別荘地にして貸し出しなさい。たいして収穫もない桜の木など全部切り倒してしまうのですよ」

「何のことかしら。私はそんなことをするつもりはないわ」

「ですがマダム、もう競売は再来週に迫っているんですよ！　どうしてお分かりいただけないのか……時間がないのですよ！」

それまでいかにも無関心という様子で適当に相槌をうっていたマダムは、一瞬はっとして身をこわばらせたように見えた。

「だからどうか、私に手筈をお任せください。別荘地を開発すれば、定期的に家賃が入ってきて、借金も全て返せますし、これからずっとあなたの手元にお金が入ってくるようになるんですよ。お分かりいただけますね？　マダムのパリ滞在の資金も、ここのところは借金で賄《まかな》っていたのではないのですか？　その返済はどうなさるおつもりです？　私に任せてくだされば、明日にでも全て取り仕切りますよ。そうでないと、競売日には桜の園は他人の手に渡ってしまうのですよ」

要するに、こういうことらしい。ラネフスキー家は確かに地主だが、時代の流れに取り残された地主たちを待ち受ける運命が彼女らにも巡ってきたらしく、借金がかさみ、零落の一途をたどっているのだ。ロパーヒンは桜の園を別荘地に改造して資本を作る方法を説いていたが、地主の矜持《きょうじ》なのか、それとも経済知識の不足なのか、理由は分からないが、マダムたちはそれにまったく取り合おうとしないようなのだ。

マダムはロパーヒンを軽くいなすと、アーニャと小さな女の子に早く寝なさいと言って二人を女中服の女に任せると、今度は名士たちを追い出しにかかった。マダムとその兄だという紳士は、名士たちを無視して内輪の話に花を咲かせ始めた。名士たちも仕方なく帰り支度を始める。

「やれやれ、本当に手のかかる方々だ。今日のところは帰りますが、でもマダム、別荘地の話はちゃんと考えておいてくださいよ。お嬢さま方の将来のためにもね!」

ロパーヒンはそう言うと、他の名士たちとともに帰って行った。

私も疲れていたので、提供すると言われた部屋で休むことにした。

案内された客間は、最初から私が来ることを予期していたとでも言うように、私向きに整えられていた。枕の固さ、毛布の厚み、タオルや水差しの整え方一つ一つが、少し神経質な私の気に入るようなやり方だった。薄気味悪いものを感じたが、眠気がそれを凌駕し、私は気を失うように寝台に倒れこんで眠った。

ひと眠りすると私は荷物をまとめて駅に向かうことにした。ワーリャにあんなにつっけんどんに歓迎しますと言われて、はいそうですかと居候《いそうろう》はできない。馬車は街に帰してしまったので、屋敷から駅へ行くとしたら歩きになる。それでも別に構わなかった。屋敷から町は遠目に見えるくらいの距離だ。が、結局、私の出立は中止となった。何故なら、所用で早朝から街に出かけていた下男の一人が帰宅して、重大な知らせを持ち帰ったからだ。

駅で貨物列車が脱線事故を起こし、怪我人こそ出なかったからよかったようなものの、当面、列車は運休になるのだという。

ワーリャの言った通りになったのだ。

私は背筋に冷たいものを感じた。

結局、私はラネフスキー家で世話になることになった。食卓についた時、同じ顔がずらりと並ぶのは少々不気味だったが、話してみると皆地主階級らしい鷹揚で教養のある、つまり私にとっては付き合いやすい人たちだった。ただし、ワーリャを除いては、だが。ワーリャだけは私に対してよそよそしく、私をピョートル・セルゲーエヴィチと、名と父称で呼んだ。ロシアの事情をご存じない外国の方々のために説明しておくが、ピョートルというのが私の洗礼名で、セルゲーエヴィチというのは「セルゲイの息子」という意味だ。この二つで名を呼ぶのは丁寧で礼儀正しいことなのだが、裏を返せば、それは他人行儀で、距離を取った呼び方なのだ。他の皆は私をペーチャと呼んだ。これはもうお分かりだと思うが、ピョートルの愛称だ。皆は私を昔からの友人のように扱い、愛称で呼ぶことを許した。私は見知らぬ家族の家で滞在初日から旧友として遇されたのだ。何とも奇妙と言うほかない。

数日間彼女たちと一緒に過ごして、少しずつ話を聞き、私はようやくこのラネフスキー家の構成が分かった。女性の年齢を聞くのは失礼だと思ったのでそれは聞かないようにしたつもりだったが、彼女たちは私にそれを知らせるのはむしろ重要事項だとでもいうように、聞きもしないのに自ら明かしてくれたのだった。

この手記を読まれる方はもう混乱しているかもしれない。私自身も最初はひどく困惑したものだった。なので私は、ひそかに一家の一覧表を作ったのである。それをここに書き写しておこう。

リーダ　八歳、マダムの娘？

アーニャ　十六歳、マダムの娘。私を駅で呼び止めた少女。

ワーリャ　二十四歳、マダムの養女。しかし彼女もラネフスキー家の顔をしている。例の冷淡な女性。

ドゥニャーシャ　三十二歳、マダムの小間使いで話し相手。しかし彼女もラネフスキー家の顔をしている。

シャルロッタ　四十歳、家庭教師。マダムの後から列車を降りてきた女性。しかし彼女もラネフスキー家の顔をしている。

マダム　四十八歳、この家の当主。五年間パリに住んでいて、先日帰省した。

ガーエフ氏　五十六歳、マダムの兄。

不思議なことに、彼女たちはきっかり八歳ずつ年が離れていた。アーニャによれば、誕生日もみな一緒に祝うのだという。どういうことなのかと訊き返したが、アーニャは私の質問の意味を理解しなかった。どうやら家族というのはどこもそういうものだと思い込んでいる様子だ。彼女には同じ年頃の友達もいないようだった。ラネフスキー家はこの桜の園で、あまり世間とは交流せず、この一家だけで暮らしているようなのだ。

「君とマダムがそっくりなのは分かるよ。母娘だからね。ガーエフ氏もマダムと兄妹だから、似ているのは分かる。でも、それにしてもみなよく似ているね。親子以上だ。それに、養女のワーリャや小間使いのドゥニャーシャ、家庭教師のシャルロッタも、あなた方に瓜二つだ。私には不思議で仕方がないよ」

私は桜の園でアーニャの隣を歩きながら、正直にそう言った。最初に親しげに話しかけてきたのがアーニャだったせいか、私は誰よりもアーニャとは話しやすかった。気安くし過ぎていたかもしれない。というより……そう、正直に書くべきだろう、私はアーニャに魅了されていた。アーニャ。今でも鮮明に覚えている。素直で、すれたところのない、桜桃《サクランボ》の花のような、美しい少女。

桜の園では、もう桜桃《サクランボ》の収穫は終わっており、農夫は一人もいなかった。桜の園を見に来るのなら、花が咲く春か、少なくとも七月の収穫祭に間に合うように来るべきだっただろう。私は自分の間抜けさを呪った。が、アーニャはすっかり私が舞踏会のために来たと思い込んでいるらしく、終始ご機嫌だった。

誰もいない桜の園をそぞろ歩きながら、私たちはとりとめもなく話し続けた。アーニャもワーリャやマダムに引けを取らず教養が豊かで、特に、女性にしては珍しく（こういう言い方は今時の西欧ではとがめられるかもしれないが）、科学に精通していた。その方面についての彼女の知識は、私ではとうてい太刀打ちできないほどだった。感服するほかない知性だ。ペテルブルクの科学アカデミーは、権威に凝り固まった石頭のじじいどもではなく、アーニャをこそ会員として迎え入れるべきだ。私はアーニャから惑星の引力や電信の原理、進化論、周期表の話を聞いた。至福の時間だった。

話が生物の遺伝の法則性に及ぶと、私はつい、また例の件に引き戻してしまった。

「もしかして、ドゥニャーシャもシャルロッタも、血がつながっているのかい？」

この質問は失礼だったかもしれない。ラネフスキー家の男たちの誰かの私生児ではないかと聞いているも同然だ。

「さあ、よく分からないわ。でも私たちはみんな家族なの。家族が似ているのは当たり前でしょう？」

「うん……そうだね。長年連れ添った夫婦は似るというしね」

私は反論せず、曖昧に同意した。

「夫婦といえども、元は他人だ。それでも、私の両親も、祖父母も、みんな確かに互いに似ていたよ。誰にももう、何年も会っていないが……」

「きっとお寂しいでしょうね。私もママがパリに住んでいた間は、とてもとても寂しかった。ママに会いたくて仕方がなかった」

「マダムはどうしてパリに？」

「家の問題を解決できる科学者を探していたのだとか」

「科学者？　家の問題というと、桜の園のことではないのかい？　あの、別荘地にするとかしないとかいう？　それならモスクワかペテルブルクで敏腕の弁護士を探すのなら分かるが、どうして科学者を？」

「私もよくは知らないの。ただ、ママが言うには、あなたも大人の仲間入りをしたら、家のことは何もかも教えてあげる、って。そうそう、パリと言えば、私ね、春にシャルロッタと一緒にパリに行ったのよ！」

私は、アーニャの切れるような知性に反して無邪気な子供のようにくるくると変わる表情や気分から目が離せなかった。私は彼女を平凡な中にある慎ましい美しさだと表現したが、しかし、生き生きと喋り、笑い、時に心細げな目を私に向けるアーニャは、まさに光を浴びたダイヤモンドだった。一瞬たりとも輝くことをやめない、絶えず違った煌《きら》めきを見せる、小粒ながらこの上なく透明で瑕《きず》のない、完璧なダイヤモンドだ。

「ママをお迎えしに行ったの。駅であなたに会った時は、その帰りだったの。パリはすごかったわ！　あんな都会は初めてだったから、すごくびっくりしちゃった。ママは私に、あなたもいつかここに住むことになるだろうから、慣れておきなさいって言うんだけど、でも私……どうかしら、パリには行かないほうがよかった気もするの。ママと私とシャルロッタが留守にしている間に、ここではばあやが亡くなってしまったの。私が小さい時から家にいて、本当のおばあちゃんみたいに私の面倒を見てくれた、大好きなばあや」

アーニャは胸元に抱えていた数学の本から、一枚の写真を取り出した。そこには八人の男女が——もっとも、男性はガーエフ氏だけだったが——写っていた。

写真というのは不思議なものだ。もうこの世にはいない人も、あたかも今ここに存在しているかのように、時間を切り取ったように、目に見える。アーニャが指差したのは、今より少し幼いアーニャの隣に座った老婦人だった。彼女もまた、ラネフスキー家の顔をしている。

「ばあやのお葬式にも出られなかったの。お葬式なんて、私がもっと小さい頃一度あったような気もするけれど、あれは誰が亡くなったのかしら。私、小さい頃のことをあんまりよく覚えていないのよね。ママもワーリャもそんなの普通よって言うのだけど……。どうなのかしらね。リーダと遊んでいると、時々不思議な気持ちになるわ。ああ、私もこの歌を歌ったことがある、私もこんなふうに泣いたことがある、って。まるで、一度体験したことを繰り返しているみたいな気がするの。時々、なんだかリーダが怖くなる時があるわ」

「あのおチビちゃんがかい？」

「ええ。どうしてかしら……」

桜の並木を抜けると、小高くなった小さな丘があり、その丘の上には、朽ち果てた石造りの廃屋があった。昔の礼拝堂だろうか。建物はただ朽ちているだけではなく、まるで戦争で吹き飛ばされたかのような荒れ果て方だった。屋根は落ち、床も落ち、ただ石の壁の根元が残るばかりで、あたり一面に石材が散らばっている。

石材がちょうどベンチのようになっている一隅では、シャルロッタとドゥニャーシャ、ワーリャが帳面のようなものを覗きこみ、話し合っている様子だった。

その傍では、リーダが子供用の小さな橇《そり》で遊んでいた。リーダは無邪気にはしゃぎながら、橇で緩やかな斜面を滑り降りている。日に照らされた草の匂いが心地よい。大人たちはリーダの様子をうかがいながらも、何やら真剣な表情で帳面を見つめている。

アーニャは、リーダの求めに従って橇遊びに加わった。私はワーリャたちの手元のノートに目を落とした。

「『運動物体の電気力学について《ツル・エレクトロディナーミク・ベヴェクテル・ケルペル》』、アルベルト・アインシュタイン……ドイツ語の科学論文ですか？」

「ええ。私たち、ドイツ語は得意ですの」

シャルロッタがか細い声で言った。

「何故そんなものを？」

私の問いに答えたのはドゥニャーシャだった。

「必要なんです。私たちにとって、とても大事なものなのです」

ワーリャだけが、険しい顔で私を見据え、何も言わなかった。

シャルロッタが一瞬ドゥニャーシャと視線を交わし、立ち上がって言った。

「ねえペーチャ、もしあなたが、今から遠いところに引っ越すとして、この論文があちらで必要になるのに、持っていくことができないとしたら、あなたはどういたしますの？」

「どういう意味ですか？」

「例えば、の話ですわ。引っ越すのに、何一つ持っていけないとしたら」

「そうですね……まあ題名と著者名だけ覚えておいて、引っ越し先でその論文が載っている雑誌を買い求めますね」

「でもこれは、六月末に受理されたばかりの論文で、まだ出版されていないんですの。出版はあと何か月か後になるそうです」

「でしたら、出版されたらその科学誌を買えばいいだけのことです」

何故だろう、三人の女性たちはとても失望したような表情を見せた。

ドゥニャーシャが私に助けを求めるように続けた。

「でももし仮に、仮にですよ、それさえできないとしたら？」

「どういうことです？　あなた方の行く先は、科学論文にさえ検閲があるような土地なのですか？」

「ある意味、そうかもしれません。もしそうなら、あなたならどうされますか？」

「それなら……」

私は頭を絞った。小さく書き直したメモを結髪の中に隠し持つ、下着に、いや、身体に直接書き込むか。

ワーリャが失望したようにその答えを否定した。

「そんな小手先の技では太刀打ちできないとしたら？」

「そんなに厳しい取り調べがあるなんて、政治犯のシベリア流刑以上ですよ！　だったら、皆で手分けして記憶するしかないでしょう。ドイツ語がお分かりになるのなら、死ぬ気で覚えればきっとできます」

私はシャルロッタの手からその帳面を取った。ぱらぱらとめくって見ると、印刷に付せば三十頁程度と思われる、さして長くはない論文だった。時間《ツァイト》という単語が頻繁に登場する。私はこの論文の一行目に登場するマクスウェルという人物自体を知らなかった。

シャルロッタが私の手からそっと帳面を取り戻した。

「でも、正直に言いましょう、これは私たちの手に負える内容ではないのです。もう何度も、そう、何度も……挑戦はしました。でも、分かりませんの。物理学の勉強はもう何十年もしていて、現代では電磁気学と呼ばれるあたりまではどうにか理解いたしましたのですけれど、この若いスイス人の論文は私たちの能力をはるかに超えていると認めざるを得ませんわ。ラネフスカヤ夫人でしたら、きっと理解したでしょうに」

「ラネフスカヤ夫人？」

私は訊ねた。

「ええ。リーダの母親です。この実験棟の事故で、夫のラネフスキー博士とともに亡くなりましたの」

シャルロッタはそっと手を伸べると、あの廃墟を指し示した。

「ラネフスキー博士は機械工学の天才で、ラネフスカヤ夫人は物理学の天才でした。彼女は物理学を根底から覆す理論を持っていたらしく、ラネフスキー博士がそれを証明する装置を作っていたようなのです。しかし、爆発事故で全てが失われてしまいました。母屋に残されていた簡素な日記以外、実験の記録も理論の論文も、何もかもが。せめて私たちがラネフスカヤ夫人のような能力を持っていたら、このスイス人の論文も理解できたでしょうに」

爆発事故……。私はそのことを詳しく聞き出したりしていいものかどうか躊躇した。その間にマダムとガーエフ氏とロパーヒンが連れ立ってやって来た。ロパーヒンは例によってしきりに何かを訴え続けている。

例の話だろう。マダムは小うるさそうに顔をしかめ、ガーエフ氏は何かを言って茶化し笑いをし、撞球《ビリヤード》の動作をしてみせた。

ロパーヒンは立ち去ろうとしたが、マダムが引き留めるのを期待したのか、一瞬マダムに目をやった。しかしマダムはロパーヒンを引き留めようとはしなかった。格好がつかなくなったロパーヒンは、踵《きびす》を返して去って行った。

ガーエフ氏はロパーヒンの後姿を眺めていたが、私に振り返り、肩をすくめて見せ、また撞球で玉を撞《つ》く動作を見せた。

「空クッションでコーナーへ。ヒネリでサイド・ポケットへ、だ。撞球はなさいますか？」

「私が、ですか？　……いいえ」

「それは残念。あんな楽しいものはありませんよ。いや、楽しかったと言うべきでしょうかね」

「どういう意味ですか？」

「いや、私もね、少々馬鹿らしくなってきたところですよ。撞球は撞き手の技量で制御されてはいるものの、偶然の要素を完全に排除できないところが面白い。撞いてみるまでどうなるのか分からないところに醍醐味がありましてね。そこが魅力だった。だけど、ふと思ったのですよ。今日の私から見れば、昨日の勝負はもう決まっている。ということは、今の私にとって未知の勝負も、明日の私から見れば、もう決まり切ったものでしかないのだとね。私が今から撞く玉も、実はもう、どう転がってどの玉にどんな角度、どんな速度で当たるか、すでにきっちりと決まっているんだ。そう思うと、もうね、何もかも色あせて見える。最近ではそう思うようになってしまいました」

「ちょっと待ってくださいよ。そんな訳の分からないことを急に言われても」

「Après moi, le déluge（後は野となれ山となれ）だ！　時の流れは止めることができませんよ。でも私たち家族にとって、桜の園は永遠です。それだけが慰めだ」

私がどういう意味か訊こうとしたその瞬間、突然リーダの橇が制御を失い、斜面を横向きに滑り始めた。夏草の油分が過ぎたのかもしれない。どのみちたいした坂ではないので、そのまま下まで滑り落ちても危険はないのだが、しかし、恐怖に怯えたリーダが悲鳴をあげた。私は走り出し、斜面を数歩登って橇を受け止めた。リーダは私にしがみついて来た。

「ありがとうペーチャ！　大好き！　あたし、あなたのお嫁さんになってあげる！　だからペーチャ、あたしが十六歳になるまで年を取らないで待っててね！」

どこかで聞いた台詞だ。

私は雷に打たれたようにはっとして、思わずリーダの顔を見直したが、彼女はきゃあきゃあと笑いながら、橇を置き去りにしてアーニャのほうへと斜面を登っていってしまった。


あまりにもそっくりな七人、いや、八人の一家。小間使いも家庭教師も、ばあやも含めて、みなよく似ているという域を通り越して、まるで同一人物だ。歳はきっかり八歳ずつ離れている。

私はアーニャに返しそびれた写真を自分の帳面に挟み、一覧表にばあやを書き加えながら、虚しく考察を巡らせた。いや、考えたところで何が出て来るわけでもない。

私は桜の園のいわれや街のことを訊ねるついでを装って、一家のことを使用人たちに訊ねて回った。しかし使用人たちはほとんどが季節ごとに入れ替えになっていて、ばあやが亡くなる前の家のことを知っている者がいなかった。長年この家に勤めていたのは老僕のフィールスただ一人だ。彼はラネフスキー家に忠実な、昔ながらの使用人らしく、家の悪口のようなことは一切言わなかった。だが、その彼をしても、マダムたちに対するある種の不信感をぬぐい切れない様子だった。

さきほど私は、例の廃墟ではかつて爆発事故があったと書いたが、フィールスの不信感はそれに関わっていた。この桜の園のそもそもの持ち主は、アンドレイ・ラネフスキー博士という物理学者だったという。彼の妻ラネフスカヤ夫人も、西欧のある工科大学――先進的で女性を受け入れている――で物理学を学んだ学者だった。二人はあの昔は礼拝堂だった建物で、日々何某《なにがし》かの実験を行っていたらしい。どんな実験だったのか、私はフィールスが知っている限りのことを聞き出そうとしたが、無駄だった。博士夫妻は実験内容を誰にも明らかにしていなかった。もっとも、おおっぴらにやっていたとしても、それが他人に理解できるものだったのかどうかさえ分からないが。

爆発があったのは今から八年前のちょうど今頃だったという。フィールスは用事を言いつかって街に出ていた。屋敷に帰ってみると、例の離れは木っ端みじんになっており、どんな恐ろしいことがあったのか、庭師や乳母が屋敷の外に倒れていた。フィールスはいったん離れに駆けつけかけたが、途中で足を止めた。何故なら、そこはもうすでに廃墟としか言いようのない状態と化し、ラネフスキー夫妻の姿を探すのさえ無駄のように思われたからだ。だいぶ後になって、一ヴェルスタ（約一キロメートル）ほど離れた桜の木に夫人のものと思われる髪飾りが引っかかっていたのが見つかったらしい。どこまで本当か私には分からないが、少なくとも、誠実そうなフィールスはそう言っていた。

フィールスは絶望にうちのめされながらも再び屋敷に戻った。屋敷には、ラネフスキー夫妻の長男で五歳になるグリゴーリー坊ちゃまと、生まれたばかりのリディヤ嬢ちゃまがいるはずだからだ。しかし、もう乳母が庭に倒れているのは見ている。果たせるかな、乳母からさほど離れていないところにグリゴーリー坊ちゃまの姿があった。

そう言えば——フィールスは述懐した——街にいた時、何か落雷のような、地響きのようなものを聞いたか、身体全体で感じたかしましてな、何だろうと、通りの向こうででも事故かなんかあったんだろうかと、そう思っておったんです。そんなことを思っておったんですが、屋敷に帰ってみるととんでもないありさまでございましたんですな。離れでの爆発の音だったかもしれんことです。街まで聞こえたんでございますよ。

だもんで、屋敷のほうもたいそうなありさまでございました。屋敷の窓という窓は全て破れておりまして、こう、窓枠なんかがひん曲がって、こう、ぶら下がったりしておりましてな。硝子がこう、床一面にばっと……いや、そんなことはどうでもよろしいんで。坊ちゃまは乳母同様、一目見て、これは、と思う有様で……思い出しただけでも、今でもこう、胸がつぶれるというんでしょうかねえ、もう、言いようのない思いがしますですよ。でもお庭には嬢ちゃまのお姿はなかった。もしやと思いましてね、こう、とんでもないことになっている屋敷に、その、あれですよ、居間のところに、フランス窓になっているところがございましょう？　あそこからですな、こう、入りまして、子供部屋に向かったんですな。すると、嬢ちゃまはご無事でした！　主の御加護がございましたんですな。ご無事だったんでございますが、その時にですよ、あのマダムの御一家に初めてお目にかかったわけで。何と言いますか……その、いつお屋敷にいらっしゃったのかは存じませんが、博士のご親戚だとおっしゃる。マダムとドゥニャーシャがリディヤ嬢ちゃまをあやしておいでてでした。しかしその……奇妙なことに、皆さん、夫人のお衣裳をお召しでした。ガーエフ氏は、身体にまったく合わない、ぶかぶかの、博士の服を着ていなさった。こういうのを、どう解釈なさいますかねえ、もし旦那が（旦那というのは私のことだ）その場にいらっしゃったら？　あっしもそれはその、不思議に……穏当な表現をすればですねえ、不思議に思わなくもなかったですよ、ええ。ですが、皆さん、さも当たり前のように場を取り仕切られましてねえ。お顔もそれ、博士夫妻にそっくりときた。いや、博士か夫人かのどちらかに似ているのなら分かりますよ。ですがその、どちらにも似ておられる。不思議だったらありゃあしない。しかし、皆さんさも当たり前かのように取り仕切られて……。

それで、どうですって？　それで、「今日に至る」というやつですよ。

フィールスはすっとぼけた老人だったが、根はしっかり者らしく、ラネフスキー家に起こったことの肝心なところを把握していた。

なるほど、それがシャルロッタが言っていた爆発事故なのだ。それまで漠然としか分かっていなかったことがこれではっきりした。例の建物の残骸はその時に吹き飛んだという実験棟で、リーダはラネフスキー博士夫妻の遺児というわけだ。しかしそれを知ったところで、マダムたちの正体が判るわけではない。

私は一覧表のリーダのところに「マダムの養女、ラネフスキー博士夫妻の遺児」と書き加えただけで、また途方に暮れた。

その日、晩餐の前だというのに、私は少しうとうとしてしまった。私は夢と現《うつつ》の間で虚しく考え続け、廃墟をさまよい、マダムの腕に抱かれた赤ん坊を見た。離れで行われていた実験とは何だったのだろう。八歳ずつ離れた八人の人々……。私はぼんやりとした意識の中で「近親相姦」という言葉を弄んだ。いや違う。いやきっとそうだ。いや違う。いや……

いずれにしろ、何の解答にもならない。

私は夕陽の中で重い頭を抱えて目覚めると、水差しの水を少しコップに汲み出し、口に含んだ。べったりとした不快な汗をかいて、喉がからからだった。

しかし次の瞬間、私は水を吐き出し、部屋から駆け出した。口の中に残った痺れるような唾液を飲み込まないようにしながら必死に走り、台所に駆け込むと、晩餐の支度をしていた料理人たちを突き飛ばすようにして井戸の取っ手にかじりつき、新鮮な水を汲んで口を漱《すす》いだ。

正確なところは分からない。しかし私の頭の中にあったのは、かつてペテルブルクで起こったある政治家の毒殺未遂事件のことだった。新聞によれば、彼は、水を口に含んだ瞬間に痺れるような刺激があったと言ったらしい。その感じとこれが同じものかどうかは分からないが、少なくとも、この味は安全なものには思えなかった。

「どうしたの、ペーチャ?!」

物音を聞きつけて台所に駆け込んできたのはアーニャだった。私は答える前に今一度口を漱ぎ、さらにもう一度漱いで、口の中にまったく刺激を感じなくなってから答えた。

「分からない。……いや」アーニャを心配させてはいけない。「何でもないよ。汲み置きの水が古くなっていたのかもしれない」

「そうなの？　変ねえ。お部屋のお水はどれも、さっきワーリャが汲み替えたばかりだけど」

「ワーリャが？」

私はよろけるようにして台所から出ると、廊下にはいつの間にか、晩餐の着替えを済ませたラネフスキー家の人々が集まっていた。

「いや、大丈夫。私の不注意で、水を日向に置きっぱなしにしてしまったようだ。水は飲み込んでいないから、大丈夫だよ」

「よかった！　……あら、だけど、ちょっと待って。前にもこんなことなかった？　ペーチャが水を吐いてしまって、何でもないって言って……そうでしょう？　前にもあったわ！　私が小さい頃、前回ペーチャがここに来た時に！」

ラネフスキー家の人々は互いに顔を見合わせ、皆がアーニャを見た。

「アーニャ……」

「かわいそうなアーニャ」

「まだ何も知らないから……」

アーニャが皆を見渡すと叫んだ。

「ちょっと待って！　みんな、なんで私を見るの？　あの時みんなが見ていたのは、私じゃなかったわ！」

マダムがリーダをドゥニャーシャに任せると、アーニャを落ち着かせるように抱きしめ、何でもないの、さあ晩餐に行きましょうと声をかけた。

晩餐は何事もなく済んだ。私は体調を崩すようなこともなく普通に食事を終えた。そして部屋に帰った。水差しも洗面器も取り換えて水は自分で汲み替えようと思いながら部屋に向かった。そう言えば、私は部屋を飛び出してそのまま晩餐に向かったので、扉を閉めていなかった。そのせいだろう、部屋には、この屋敷に住み着いている何匹かの猫のうちの一匹が入り込み、私の洗面器から水を飲んだようだった。

洗面器の周りには水が飛び散り、猫は血を吐いて床で動かなくなっていた。

私は何故だか自分の秘密のようにこっそりと、夜中に猫を裏庭に埋めた。

誰かが私を殺そうとした。

その考えが頭を離れなかった。水を取り替えたワーリャか？　しかし何故あの時、皆はアーニャを見たのだろう？

舞踏会の日は突然やってきた。本当のことを言えば、突然来たわけではない。だが私は、目の前の謎に心を奪われて、すっかり舞踏会のことを忘れていたのだった。私は狼狽《うろた》えた。舞踏会に出られるような服を持ち合わせていない。が、その日の午後、ドゥニャーシャは当然のように、私のために誂《あつら》えたという燕尾服を持ってきた。正確に測ってはいないけれど、あなたの背格好はこのくらいなのはみんなよく知っているから、と。衣嚢《ポケット》にはモスクワの仕立屋の伝票が入れっぱなしになっていたが、その仕立ての日付は去年の冬だった。少しばかり丈の長い短いはあったが、おおむね私の体格に合っている。マダムの一家に初めて会ったのが先々週であることを考えると、薄気味の悪いことだった。

夕刻、地元の名士たちが連れ立ってやってきた。マダムが雇った楽団は一流どころらしく、非常に腕がよかった。もっとも、客の中には「あの費用はいったいどこから出すつもりなのだろう」とこそこそする者たちもいたが。

「昔はこの家の舞踏会と言えば、将軍閣下や男爵様がいらしたもんですよ」

客間に飲み物を取りに行った私に、フィールスがため息をつきながら言った。

「しかしどうです？　今となっては、郵便局員だとか、駅長だとか、そんな下級役人を呼び集めに走らにゃならんことですよ。しかも、連中もなかなか来たがらんありさまですよ。ここで以前に舞踏会が開かれたのは、勘定してみたら、もう十八年も前のことでございますよ」

「十八年前？」

私は思わず聞き返した。

「ええ、もうそれだけになるのでして。ラネフスキー博士がまだご結婚される前でしたねえ。あの頃はまだ大旦那様もご健在で、博士も二十代の若者でして、あっしもまだ壮年の働き盛りでしたんでございますよ」

アーニャは、彼女自身がまだ幼い頃にここで舞踏会があったと言っていなかっただろうか？

「それから舞踏会は開かれていなかったのかい？　一度も？」

「へえ。一度も」

彼女は駅で、「ペーチャがまた舞踏会に来てくれた」と言わなかったか？　アーニャが幼い頃、少なくとも一度はここで舞踏会があったと。だがアーニャは十六歳だ。フィールスの言によれば、彼女が生まれてからは一度も舞踏会は開かれていないことになる。計算が合わない。

また頭の中が混乱し始めた。私は大広間に戻ると、踊るアーニャを見つめた。頃合いを見て舞踏を申し込み、私がまた舞踏会に来たというのはどういう意味か訊ねようと考えた。今までは、かつて幼かったアーニャが誰かと私を記憶の中で取り違えているだけだろうと軽く考えていたが、何かがおかしい。

しかしアーニャに舞踏を申し込む殿方は引きも切らず、アーニャも全く疲れを知らない様子で楽しげに踊り続けていて、私の順番が回ってくるのはいつになるか見当もつかなかった。

アーニャはいかにもデビュタントらしい白のドレスに身を包み、いつも以上に輝いていた。そう、この日のアーニャはもう、田舎の駅で私に声をかけてきたお下げ髪の少女ではなかった。堂々として気高い、社交界の女王だ。アーニャが微笑むと、誰もが魅了されたようにうっとりと微笑み返した。今の彼女なら、ペテルブルクの夜会に出しても、いや、公爵や皇族方の舞踏会に出しても恥ずかしくないだろう。私は一流の学者になった自分がアーニャを連れて――そう、マダム・トロフィーモワとして――帝室劇場の桟敷に席を取る様子を想像した。

学位を取ろう。私は決意した。ふらふらした生活を改め、大学に戻って、きっちりと学位を取ろう。アーニャに結婚を申し込み、二年ばかり待ってもらえれば、私は彼女を迎えに行けるはずだ。アーニャが物理学の勉強を続けたいというのなら、私は邪魔をするつもりはなかった。いや、是非とも協力したい。二人で外国に行くのもいいだろう。スイスの大学でアーニャも男と同様に学位を取り、当代流に学者になるのだ。それがいい。夢は広がった。

私は落ち着いたモーヴ色のローブデコルテを着たマダムと踊りながら、アーニャと結婚させて下さいという言葉が性急に口から出そうになるのを何とか抑え込んだ。

まだ早い。今はまだ早い。私はマダムに一礼すると、彼女に自分の考えを読まれるのを恐れるかのように大広間から客間に逃げ込んだ。まだ早い。そう、私にはある邪心があった。桜の園の競売の結果を見てからだ……。ワルツやレズギンカの合間に耳打ちし合う人々の噂話によれば、ガーエフ氏も親戚の誰かから金を借りて競売に臨んでいるらしい。今まさに、街では競売が行われているのだ。成金商人の誰かが勝てば、マダムの一族はこの荘園を出て行かなければならなくなる。しかしもしガーエフ氏が勝てば、桜の園は少なくともマダムの一族が保有し続けることになる。だがガーエフ氏が勝っても、彼はそのために親戚への莫大な借金を抱えることになるのだ。私にとってどちらが有利だろうか？　同じかも知れない。いずれであっても、ラネフスキー家の零落は目に見えていた。あの鷹揚過ぎるマダムがその衝撃を現実のものとして受け止めたら、それからアーニャとの結婚話を持ちかけるべきだろう。

いかに凋落したとはいえ公爵家や伯爵家の令嬢ならともかく、財産を失った地主程度の娘を嫁に欲しいと言う名家や金持ちはいない。私にも分があろうというものだ。

私はその時、昨日誰かに殺されかけたことさえ忘れ去っていた。その時愚かにも私の心を占めていたのはただ、落ちぶれたラネフスキー家からアーニャを救い出す、英雄としての自分の姿だけだった。

もう真夜中に近い時間だったかもしれない。まだ競売の知らせは届かなかった。ガーエフ氏も帰ってこない。アーニャはさすがに踊り疲れたか、顔をほてらせて客間に駆けこんできて、フィールスが差し出した水を一気に飲み干した。私の顔を見ると、年頃の娘らしく、何がおかしいのか、花が揺れさざめくように笑った。

私はあることに気づき、アーニャの左腕をそっと取った。

「ああ、君には傷跡はないんだね。よかった」

「傷跡？　何のこと？」

「さっきマダムやシャルロッタたちと踊っていて気がついたんだ。彼女たち四人にはみんな、ここ、左手首の内側にまったく同じ傷跡があってね」

「そうだったかしら。……そうね、そう言えば、そうだわ。あんまり気にしたことはなかったけど」

「私も今まで気がつかなかったんだ。みんな普段は袖の長い服をお召しだからね。だけど、今日はみんな腕を出したローブデコルテ姿なので、初めて気がついたんだよ。皆同じ形、同じ角度の傷跡で……」

私たちの話はそこで打ち切りになった。大広間が騒がしい。客間に、たった今到着したガーエフ氏とロパーヒン、それを出迎えたマダムが次々と入ってきた。客たちは皆踊るのをやめてそれを見守った。

競売が終わったのだ。ガーエフ氏は買い物の包みをフィールスに渡すと、どこかへ行ってしまった。ロパーヒンは舞踏に興じていた人々以上に上気した顔で客間の真ん中に立ち、大声で叫んだ。

「桜の園は私が買いました！　この私が！　抵当権に九万ルーブルを上乗せして、私が勝ちました！　今や私が桜の園の主《あるじ》だ！　親父やじいさんが農奴だった、この私が！」

舞踏会がどのようにして散会したのか、私には記憶がない。


翌日、私は昼近くになってようやく目を覚ました。少々飲み過ぎたのかもしれない。頭が重かった。しかし、家の中の雰囲気が何か違うのはすぐに分かった。台所に下りて行き、控室を覗きこみ、庭にも目をやったが、使用人の姿は一人も見えなかった。静かだ。静か過ぎる。いや、昨夜があまりに賑やかだったからそう感じるだけだろうか。

私は長い廊下を行きつ戻りつした。淑女たちの私室を訪ねるのはさすがに気が引けたのでしなかったが、食堂や客間には行ってみた。

誰もいない。

おかしい。

それに、何だろう、何か、嗅いだことのない匂いが微かにした。酸っぱいような、焼け焦げたような、今までに嗅いだことのない匂いだ。私は過敏な性質なので、どうしてもこういうことが気になってしまうのだ。

図書室の前を通りかかると、開け放した扉の向こうに見慣れないものを見たような気がして、足を止める。匂いはその戸口の奥から出ているようだった。

「ペーチャ！　いたのね！　よかった！」

アーニャが後ろから切羽詰まったような声をかけてきた。淡い緑色の部屋着に髪を簡単にまとめただけという、慌てて寝室から出てきたような姿だった。アーニャは私の傍に駆け寄ると、私の存在を確かめるように左腕を摑んだ。駅で出逢った時と同じ動作だが、この時は彼女の指先からも尋常ならざる緊張感が伝わってきた。

「あなたまで居なくなっちゃったかと思って心配したわ！」

「私まで、って、どういうこと？」

「使用人たちがみな出ていったの。私には知らされていなかったんだけど、みんな、お勤めは昨日までという契約だったんですって。さっき、皆が私にお別れを言いに来て……ママはもうとっくに、みんなに余所のお勤め先への紹介状も書いてて、前から決まってたことだって……どういうことなのか、全然分からなくて……」

「みんな、って、フィールスもかい？」

「フィールスは街の病院に行っているみたい。皆の言うことだと、ママはもうフィールスの年金の手配もとっくに終わらせていたんですって」

「どういうことだろう？　マダムは最初から、桜の園が他人の手に落ちる前提で準備をしていたのか？」

「分からないわ……」

「とにかく、マダムに話を聞いてみよう。マダムはどこ？」

「それがね、ママは私に、ペーチャと一緒に図書室に行きなさいと言ったの。これもどうしてなのか分からないわ」

図書室は目の前だ。まるでマダムは、今この瞬間に私がここを通りかかると知っていたかのようだ。

「ますます訳が分からないな」

そう言いながらも、私は図書室に入ってみた。その不快な匂いは少し強くなった。薬品が焼けたとでも言えばいいのだろうか、古い埃のようでもある。寄木の読書卓の傍らで、私は何を異変に思ったのかを理解した。普段は固く閉ざされていた奥の扉が開いていたのだ。そして、部屋の中は明るかった。いつも窓の外から見える分厚いカーテンも引き開けられているらしく、日が射しこんでいる。

「この匂いが何だか分かる？　奥から漂ってくるみたいだけど」

「分からないわ。この部屋には入ってはいけないって言われていて、私も一度も入ったことがないの」

「図書室に行けというのはこのことかな？　行ってみようじゃないか」

私は奥の部屋に足を踏み入れた。アーニャは怯えたように私の腕にしがみつきながら、半歩遅れて後に続いた。

重厚な書棚はほとんど空だった。棚の一隅には鉱物標本のようなものが少しと、大きな薬瓶が数本並んでいる。さほど広くはない部屋の奥には日に焼けて見る影もない地球儀らしい球体を乗せた架台があり、革張りの質素な椅子数脚、そしてアーニャたちに少しずつ似た夫妻の肖像画があった。あれがラネフスキー夫妻なのだろうか。

しかしその部屋で何より目を引いたのは、中央の大きな紫檀《したん》のテーブルに載せられた一抱えもある何かの残骸だった。どう表現すればいいのだろうか。焼け落ちた大時計とでも言えばいいのだろうか。いや、残骸でありながらそれは時計の比ではない複雑な機械だと分かった。大小の歯車と、配線のようなもの、何やら複雑な部品の集合体らしい。私は警戒しながらその物体に近づいた。匂いの源はこれだった。

それが何なのか全く見当もつかなかったが、私の目はその物体にねじ止めされた一枚の金属板に引きつけられた。それは後から磨いたらしく、その部分だけが真鍮色に輝いている。

金属板には文字が刻まれていた。どうにか読むことはできる。

「マ、シ……マシーナ・ヴレメニ……時間機械《マシーナ・ヴレメニ》だって？」

私とアーニャは顔を見合わせた。

「マシーナ・ヴレメニ……聞いたことがあるな。そうだ！」

私は唐突にあることを思い出した。

「五年前に『ロシア』誌に掲載されたイギリス人の空想科学小説の題名だ。ロシアで発表された時は『諸世紀の彼方へ』という題だったが、もともとの題名は『ザ・タイム・マシン』、つまり時間機械《マシーナ・ヴレメニ》だ」

私はその小説のことをよく覚えていた。外国の空想科学小説好きの知識人の間では、当時相当な評判を呼んだ作品だったからだ。私もその空想科学小説好きのご多分に漏れず、夢中になって読み漁った一人だ。

「お芝居の道具か何かかな？」

私は本当はそんなことは思っていなかった。が、ただでさえ怯えているアーニャを怖がらせたくなかった。

「いいえ。本物です」

突然、後ろから誰かが声をかけてきた。

「残骸ですし、ごく一部分ですが。大半は爆発時に消し飛んでしまったようですけれど」

私たちが振り返ると、戸口に立っていたのはワーリャだった。

「その名前は、十年前に英国で発表されたその空想科学小説に擬《なぞら》えてつけられたものでしょうね。でも、ラネフスキー夫妻の研究は、その小説よりもっと前から始まっていました」

ワーリャは手にしていたナイフと、平べったい丸缶を戸口の横の小卓に置くと、腕を組んで戸枠に寄りかかった。

「ピョートル・セルゲーエヴィチ、あなたが空想科学小説好きで助かりました。そうでなかったら、あなたの知能では理解できるかどうか怪しいですからね」

「随分な言われようだが、今は大目に見ましょう。わざわざ私をこの部屋に入れたということは、これについて説明する気があるということだね」

「そうなりますね。結局は無駄になるかもしれないというのに」

私とワーリャはしばらく無言で睨み合った。

「時間がないので、勝手に始めさせていただきます。アーニャも聞きなさい。事の起こりはもう十数年前、ラネフスキー夫妻がある研究を始めたことでした。物理学の天才だったラネフスカヤ夫人は、ある理論を持っていました。その理論に則れば、時間を遡って過去に行ったり、逆に未来に行ったりする機械を構築できるというものです。そしてラネフスキー博士は工学の天才だった。彼は夫人の理論を実現する機械を研究したのです」

「そして完成したのがこれというわけか」

「完成したと言えるかどうか。彼らは第二子のリディヤが生まれた直後、最初の実験を行いました。それはある意味成功し、ある意味失敗でした。時間機械《マシーナ・ヴレメニ》は爆発し、夫妻も当時屋敷にいた者たちも、みな死んでしまった。実験ノートも理論の論文も、設計図も、何もかも失われました。あとはただ、生まれたばかりのリディヤだけが、偶然か、それとも生まれたばかりの赤ん坊には何か特別な力があるのか、一人、生き残りました」

「それがあのリーダなんだね？」

「そうです。そして、アーニャ、それはあなたよ。そして私もね。アーニャは私であって、リーダであって、私はアーニャでもありリーダでもあるのよ。分かる？」

ワーリャは突然、小卓の上に置いてあった丸缶を開けると、中から円盤のようなものを取り出した。円盤からは半透明の恐ろしく長いリボンのようなものがこぼれ落ちた。ワーリャはそこからナイフで無造作に三アルシン（二メートル強）ほどを切り出すと、私の目の前にそれを下げて見せた。

両側に四角い穴が並んでいる。それは映画というもののフィルムだった。半透明のフィルムには、写真が一コマずつ焼きつけられており、それに光を当てながら高速で巻き取ってゆくと、映写された写真が動いて見えるのだ。

「これが言わば、あなたの、つまり普通の人の人生です。人生はこうやって一本の道を一方からもう一方へと流れて行くだけです。そして寿命が来れば終わり。だけど私たちの、いいえ、私の人生は」

ワーリャはナイフを取り上げると、小卓が傷つくことも厭《いと》わずフィルムを短く切ってゆき、束にし、それを私に突きつけた。私はその気迫に圧《お》され、思わずその束を受け取った。

「御覧なさい！　それが私の人生よ！　壊れた時間機械《マシーナ・ヴレメニ》はリディヤ・ラネフスカヤを八年間という時間の中に閉じ込めてしまったの！　リーダは爆発の日から八年経つと、八歳の少女として八年前に引き戻され、それからさらに八年経つと十六歳の少女として八年前に引き戻され、それから八年経つと二十四歳の成人女性として八年前に引き戻されるの！　分かる?!」

私は手の中のフィルムを見た。

重なり合った八枚のフィルム。これを光にかざせば（透明度がどうこうという話はこの際抜きにして）、一人の人物の物語が同時に映写されるだろう。

何かが私の中で焦点を結び、私は突然、理解した。

リーダも、アーニャも、ワーリャも、ドゥニャーシャも、シャルロッタも、マダムも、ガーエフ氏も、ばあやも、皆、一人の人間なのだ！　立場や名前を変え、男装することさえあるが、全員がリディヤ・アンドレーエヴナ・ラネフスカヤなのだ！

私は雷に打たれたようになり、全身の毛が逆立った。思わず、手の中のフィルムをばらばらと取り落とした。

「待って……くれ……つまり、つまり、こういうことか？　ワーリャ、あなたは、八年後のアーニャで、八年前のドゥニャーシャなのか……？」

「その通りです。私が、私たちが、何故春にアーニャをわざわざパリに行かせたか分かる？　ばあやの、つまり、自分自身の死に目に遭わせたくなかったからよ。リーダはまだ幼いからその死から遠ざけておくこともできるけれど、アーニャは、二巡目の私は、もう多感な時期なのよ。衝撃が大きすぎると分かっていたからよ。あのスイス人の論文が今年発表されることも分かっているから、お母さま、つまり六巡目の私は、事前に手を回してそれが発表される前の手稿を手に入れることもできる……だけど、私たちはラネフスカヤ夫人、つまり母ほどの才能はなかった……自分たちで問題を解決することもできなかったし、あの論文が時空を操る手がかりになるらしいということまでは分かるけれど、真に理解するには至らないのよ。そして何度も、あの論文を手にした直後に八年前に引き戻されてしまう……馬鹿馬鹿しい！　また同じことが起こるなんて！

でもね、ピョートル・セルゲーエヴィチ、私はそんな馬鹿馬鹿しい中途半端な永劫回帰になど捕らわれるつもりはありません。絶対にこの予定調和を壊してみせます。だから」

　ワーリャはフィルムを切った後にも右手に持ち続けていたナイフを持ち直し、両手で胸の前に構えた。

「死んで！　ピョートル・セルゲーエヴィチ！」

　ワーリャはまったく躊躇のない動作で私に突っ込んできた。私はアーニャを庇うような姿勢でどうにかその第一撃を切り抜けたが、右の二の腕に傷を負った。

「や……やめて！　ワーリャ！　どうして?!　どうしてペーチャに、そんな……！」

　それまで、小刻みに息をつきながら震えていたアーニャが叫んだ。

「この繰り返しから逃れる望みがあるとすれば、今だけなのよ、アーニャ！　八年が終わって私たちが過去に戻される瞬間、つまりもうすぐやって来る八年目の節目に近づけば近づくほど、時間は不安定になるらしいの。それは経験的に分かっていて、お母さまやシャルロッタたちとこの時間帯のことを話すと、皆の証言は少しずつ違うのよ。だから、もしかしたら今ならば、この輪廻の均衡を破れるかもしれないのよ！　この瞬間に、今まで……そうね、おかしな言い方ね、だけど便宜上こう言うわ、何か今までに一度も起こったことのない大事件を起こすことができたら、あるいは、均衡は破れるかもしれない。もしかしたらね。だから今度こそ死んで！　ピョートル・セルゲーエヴィチ！」

　ワーリャは再び身構えた。本気だ。この上なく本気だ。そして迷いがない。私を確実に殺すつもりなのが分かる。

「やめて!」

アーニャが再び叫び、突然私の後ろから飛び出すと、自分が刺される危険さえ顧みずにワーリャに体当たりをした。ワーリャが転んでナイフを取り落とす。アーニャは素早くそれを拾った。

「私はあなたじゃない! あなたも私じゃない! 違うところを見せてやる!」

私は一瞬、アーニャがワーリャに切りつけるのではないかと思ったが、アーニャはナイフを持ったまま図書室から駆け出して行った。

ワーリャは急に気が抜けたようにため息をつくと、戸枠につかまってゆっくりと立ち上がった。

「まただわ……こうなると分かっていたのに。違うことが起きる方に賭けて、負けたのね、私。本当に馬鹿馬鹿しい! この後アーニャがどうするか、私が知らないとでも思っているのかしら」

ワーリャは私についてくるように仕草で指示すると、先に立って歩き始めた。幾つかの部屋を抜けてたどり着いたのは、マダムが「すみれ色の部屋」と呼んでいる部屋だった。

私は衝撃を受けて息を飲んだ。

部屋の真ん中にアーニャが倒れている。左袖と絨毯に大量の血がついていた。

ワーリャは床に落ちた血染めのナイフを蹴り飛ばすと、アーニャのそばに膝をついた。

「大丈夫よ。興奮しすぎて気を失っているだけだから。アーニャだった私が何をしたか、よく覚えているわ。自殺ってわけ。でもこれもいつものことなのよ」

ワーリャは冷静に、アーニャの左の前腕を強く握った。

「待って、ワーリャ。そのままにしておいたらどう？」

ワーリャは訝《いぶか》しそうに私を見た。

「そうだね。だいぶ深く切りつけているみたいだから、血が止まらないようにその腕を水につけておいてやればいい。過去のあなたは死ぬ。お望みの大事件の実現だ！」

私は自分の声が震えていることを悟られないよう、わざと大きな声を出した。

「さあ！　やればいい！　見捨ててごらんよ！　自分自身を殺せるのなら、できるはずだ！　手伝ってやろうか?!」

私はワーリャに手を伸ばした。ワーリャは両手でなお一層しっかりとアーニャの止血を試みながら叫んだ。

「やめて！　アーニャが死んじゃう！」

ワーリャの目から、突然、大粒の涙がいくつも零れ落ちた。

「アーニャが死んじゃう……」

「何故あなたがアーニャを殺せないか、分かるか？　ワーリャ、あなたはあなたであって、アーニャじゃないんだ。同じ時間を生きていても、違う考えを持って、違う命を生きている。ただの繰り返しじゃない。あなたたち一人一人が、その瞬間その瞬間を生きる、違う命なんだ。その自分自身を生きればいい」

頭の芯に、何かつんとくる鋭い音が響いているような気がする。気が遠くなりそうだった。何かが起こり始めていた。

「素敵なお説教ね、ペーチャ。だけど……可笑しいわね、そうかもしれないわね……ああ、そう……そうよ、何故ドゥニャーシャやシャルロッタたちが生きていけるのか……可笑しいけど、でも、そう、何だか分かる気がする……」

いつの間にかマダムがすみれ色の部屋にやって来ていた。彼女はアーニャとワーリャを守るように二人の傍に跪《ひざまず》くと、あの哀しげな笑みを浮かべて私を見た。

最初は目の錯覚かと思ったが、そうではなかった。三人の姿が透けて見える。私の頭の中に響く音にならない音はますます強くなっていった。

「さようなら、ペーチャ。もう時間……」

マダムがそう言ったが、その声は薄れ、消えていった。

その瞬間、私は天啓を受けたようにあることに気づき、声を限りに叫んだ。

「聞いてくれ！　あのスイス人の論文のことだ！　次にあの論文に出逢った時、こうすればいい！　あれは完全に理解して全文記憶する必要はない！　皆で手分けして数式だけを、理解しなくていいから数式だけを丸暗記していけばいい！　それをあっちで、つまり八年前の世界で書き留めて、その数式をアインシュタイン氏に渡すんだ！　その人ならばきっと数式を理解するだろう！　彼は八年分、研究を進めることができる！　そうしたらまた次に、その八年分進んだ研究の数式を八年前のアインシュタイン氏に伝えるんだ！　そうすれば……そうすれば……」

三人の姿はどんどん薄くなってゆく。マダムが驚いたような顔をして何かを言ったが、私にその声は届かなかった。一瞬、皆の影がまた濃くなったようにも思えたが、それは目の錯覚に過ぎなかった。三人がいた場所には、ただ血染めの衣服や靴がぱさりと落ちて残された。

　突然頭の中の音が、ぷつりと弦が切れるように途切れ、目眩が襲った。私は大きく息をつきながらその場にがっくりとへたりこんだ。

　伝わっただろうか？　もし時間が戻る瞬間にいつもと違う出来事が起きる可能性が最高潮に達するというのなら、今の私の言葉はそれだったただろうか？　それとも、いつものことなのだろうか。しかし確かに、マダムは驚いた顔をした。この時間帯に何が起こるのか知りつくしているはずのマダムがだ。それは、あるいは、いや確かに、私がいつもと違うことを言った証しなのではないのだろうか？

　私はしばらくの間、その場で呆然としていた。全身が震え、拍動が収まらない。いっそその場で気を失いでもしたらどれほど楽だっただろう。

　やがて、もう無駄だと知りつつも、私は屋敷の中を巡り歩いた。子供部屋にはリーダとドゥニャーシャの服が残され、客間にはシャルロッタとガーエフ氏の服が残されていた。

　あの時、あの瞬間、あの刹那に、マダムは確かに、そう、確かに、驚いた顔をした。確かに、確かに、確かにだ！

　私は待った。

　ただただ待った。

　しかしもし、何かが起こったとしても、それは私の手の届かない過去で起こっているのかもしれない。どうなのだろう？　いやしかし、何某かの時間の逆理が過去に起こったのなら、それは現在をも変えるはずではないのか？　違うのか？　どうなのだろう……。私には全く分からなかった。今でも分からない。

一つだけ確かなことがあった。それは、私の今には、アーニャはいないということだ。遠くから何か耳慣れない音が聞こえてくる。私は一瞬、それが何かの、何か良いことの兆候かと期待して耳を澄ましたが、それは斧が木を切る音に過ぎなかった。ロパーヒンがさっそく桜の木を切らせているのに違いなかった。

ほどなくしてフィールスも病院から帰ってくることだろう。

ドグラートフ・マグラノフスキー

インタビューを受ける時などにものすごく困る質問がある。それは「その発想はどこでどう思いつくのですか?」という質問だ。正直、小説に関して思いついたことは、いつどうやって思いついたのか、まったく記憶がない。インスピレーションの源や、話が動き始めたきっかけを覚えていることはあるが、「それ」がどうして「これ」になるのかは、自分でも分からないのだ。

「ドグラートフ・マグラノフスキー」は、まさしくそういう得体の知れないところからやって来た作品の代表とも言える。まずこのタイトルが思い浮かんでしまったのだが、その時点ではもう、夢野久作の『ドグラ・マグラ』とドストエフスキーの『悪霊』を混ぜることは、私の中では確定していたのだった。どこでその二つが結びついたのかって? いやだからそれが分かんないんだってば。

『ドグラ・マグラ』は「読むと頭がおかしくなる」などと言われたりもするのだが、冷静に分解すると、実はけっこう理路整然としている(とはいえ、当然それでもドグラ・マグラだが)。一方『悪霊』は、一読してストーリーを追っただけの時は論理的な印象を受けるが、読み返せば読み返すほど、訳の分からない泥沼にはまっていくような作品だ。他殺が十件以上、自殺が未遂を含めると四件、放火二件、家出して衰弱死する者、要職に在りながら心神喪失する者、不義の妊娠出産、地下出版、反社会的秘密結社、未成年の凌辱、決闘……と、ドストエフスキーの作品の中でも最も無法度が高く、しかもそれらの陰惨な出来事が何のために起こったのかもよく分からないという、こちらもなかなかにドグラ・マグラな作品なのである。

……という両作品に親和性を感じたのか感じてないのか、自分でもよく分からないが、とにかく混ざっちゃったものは仕方がない。精一杯出力させていただこうという次第である。

…………ブウウーーーンーーーンンン…………

私がウスウスと目を覚ました時、こうした蜜蜂の唸るような音は、まだ、その弾力の深い余韻を、私の耳の穴の中にはっきりと引き残していた。

……と、私はそう思ったのだが、これはどこかで聞いた台詞かもしれないという気がしてきた。どこでだろう。分からない。いやそれ以前に、ここはどこだろう。目を開けた私の視界に入ってきたのは、白っぽい天井と、どこからともなくやって来るかすかな明かりだけだった。

今はきっと真夜中に違いない。何故かは分からないが、そう直感した。どうにか手足の先を動かすと、自分の重くだるい身体の輪郭が自覚された。私はどうやら、大の字になって床に寝転がっているようだ。

やっとのことでその身体を引き上げて、あたりを見回す。ものの輪郭がどうにか見て取れる程度のうす闇の中で、たった二つの家具と、頑丈そうな扉と、窓があることが分かった。家具は、きちんと整えられてまだ誰も寝た様子のない幅狭の寝台と、材質の分からない四角い腰掛だけだ。

窓にはがっちりとした鉄格子がはめてある。

とすると、ここは監獄なのだろうか？　しかし、あたりに漂う過剰な清潔の匂い——消毒薬か、何かそのような薬品——が、私にもう一つの可能性を呼び起こした。

精神病院だ。

その瞬間、私は激しい恐慌に襲われた。特徴のない白い寝間着に包まれた皮膚に、冷や汗がにじみ出る。

私は悲鳴を上げる関節に逆らって窓に走り寄った。鉄格子の向こうの硝子は磨《す》り硝子で、私の姿はただ、乱れきったぼさぼさ頭の影法師としてぼんやりと映るだけだった。少しでも反射しそうなものを求めて扉に駆け寄り、取手の真鍮に顔を近づけてみたりもした。ついでに取手を回して押したり引いたりしてみたが、扉は外からがっちりと施錠されていて、ぴくりとする気配もなかった。

全身を沸騰した血が駆け巡り、手足が震え始める。私は……ああ、そうだ、私はいったい……。震えは腹から胸へと広がり、頭ががんがんした。悪寒がするのか、熱に浮かされているのかも分からない。私は一瞬、うっと息を詰まらせると、たまらずに叫びだした。舌も喉もカラカラに干からびていて、長い間一言も発していなかったのは明らかだった。私の声はひび割れ、奇妙に甲高く金属的で、それは人間の声と言うよりは、何か文明とはかけ離れた世界の獣の鳴き声のようだった。

しかし私は叫ばずにはいられなかった。

私は、自分が誰なのか分からなかったのだ。


分からない。

まったく分からない。

それどころか、私は記憶というものがまるでなかった。覚えているのは、さきほど鳴ったボンボン時計の音だけだ。それ以前のことはまったく、さっぱり、これっぽっちも分からない。私は少し大きい寝間着からはみ出した自分の手足を見、顔をまさぐり、どこかに私の名前が書いていないかと寝台をさぐり、何度もあたりを見回した。が、何一つとして手掛かりはなかった。

「……お義兄《にい》さま！　お義兄さま！　お義兄さま！　そこにいらっしゃるのはお義兄さまなの?!　今のお声はお義兄さまなの?!　どうか私にお返事をなさって！」

呆然とただ震えるばかりだった私の耳に、どこからともなく、くぐもった叫び声が聞こえてきた。それは寝台が寄せかけてある側の壁から、つまり、隣の部屋から聞こえてくるもののようだった。それは若い女性と思しいが、声を限りに絶叫し続けてしわがれたような声だった。

「お義兄さま！　お義兄さま！　お義兄さま！　お義兄さま！　あたしです！　スクヴォレーシニキの領地で一緒に育った義妹《いもうと》です！　お義兄さま！　あたしの声が聞こえませんか?!　どうか

お返事をなさって！　お義兄さま！」

　スクヴォレーシニキ……。何かが私の中で疼いたが、それが何なのか、私には摑み取ることができなかった。彼女が呼びかけているのは私だろうか。だとしたら、彼女は私の名前を知っているのだろうか。

「お義兄さま！　お義兄さま！　あたし、あたしです！　最後の最後にあなたが選ぶべき女です！　お義兄さま！　お義兄さま！　お義兄さま！」

　声に加えて、壁を向こう側からポトポトと叩く音がし始めた。小さな柔らかい手で、その手が傷ついて血がしたたることも厭《いと》わず力の限り叩くような音だ。私はもう一度叫びかけて、そしてやめた。

　自分が彼女の言う「お義兄さま」かどうか、保証はないのだ。彼女の口から発せられる名前が、本当に私のものかどうかなど、どうして分かろう。それに、だ。私はもう一つの可能性に改めて戦慄した。

　ここが精神病院なら、彼女も正常ではない可能性が高い。ここでうかつに返事をしようものなら、その妄想を悪化させてしまうかもしれない。

「お義兄さま！　どうかお返事をなさって！　あたしです！　あなたの本当の看護婦になる女です！　どうかもう一度お声を聞かせてーッ！」

　私はその声に追い立てられるように、また四方の壁と、窓と、扉を見回した。何も聞こえないところに逃げ出したかった。やはりここは精神病院なのだろうか、それとも、あの世で何かの責め苦を受けているのだろうか。私は頑丈な扉に体当たりをし、鍵穴を覗きこんだ。もちろん無駄だった。私は頭を掻きむしり、もがき回った。やがて件《くだん》の女の声は弱まってきた。しまいには息も絶え絶えの泣き声ばかりになり、やがてそれも止んだ。

私は扉の外から漏れ聞こえる時計の音を聞きながら、やがて、眠りとも何ともつかない、あの最初の無意識状態に落ちていった。


……コトリ……と音がした。

気がつくと、私は壁にもたれかかって座り、目の前の床をただ凝視していた。ふと顔を上げると、窓からは陽が射し、あたりは明るくなっている。雀の声がした。とすれば、夜が明けたのだ。私は物音がした方に振り返った。扉の下の方、床すれすれのところにある小さな切り戸が開いて、皿の載った盆が差し入れられるところだった。私ははっとして飛び上がり、扉の傍に駆けつけると、その盆を持った腕、女のものと思われる腕を摑んだ。悲鳴が上がり、盆から皿が滑り落ちそうになる。私は腕を摑んだまま必死に叫んだ。

「どうか教えてください！　私の名前は何と言うのですか?!　私は誰なんですか?!」

女の手が盆を離し、私の腕を振り切って引っこんだ。

「アレーッ！　誰か来て！　七号室の患者さんが！」

腕を振り切られて私は尻餅をついたが、やがて床の上の盆に手を伸ばした。そば粉の粥に林檎のコンポートという、いかにもロシアの療養施設食だ。私はそれを見ると、耐え難いほど腹が減っていることに気づき、むさぼるようにその味気ない食事をかきこんだ。満腹して寝台に横たわっていると、やがて私の枕元で鍵穴がピシンと音を立て、あの頑丈な扉が開かれたのだった。

部屋に入ってきたのは、顔色が病的に青白い、恐ろしいほど背の高い中年の男だった。

「どうも……なにぶんにも身体が弱いものでございますから、外套のまま失礼いたします」

大男は身体に似合わない、女のように優しい声をしていた。私はそれを聞いて何となく安心するような気持ちになった。この巨大な紳士が見かけに似合わない柔和な性質をしているような気がしたのだ。彼は小さな紙を取り出すと、私に差し出してきた。

「私はこのような者でございまして」

私の目の焦点はなかなか合わなかったが、どうにかその文字を判読した。

「ルイセンコ医科大学……法医学部教授、医学部長……ワカバヤーシン博士……?」

「さようでございます」

「ということは、ここはルイセンコ医科大学……?」

「さよう、さよう。附属病院の精神科第七号病室です。お休みのところをお邪魔して申し訳ございませんのですが、あなたは先ほど、プラスコーヴィヤ、ああ、つまり食事を差し入れた看護師に、自分は誰かとお尋ねになったということですね。いかがでしょうか? ご自分のお名前を思い出されたでしょうか?」

私はただ呆然としたままだった。私の名前……。いや、思い出すことはできなかった。ワカバヤーシン博士はそんな私をじっと凝視して返事を待っているようだった。が、やがて一人で納得したようにうなずくと、こう切り出した。

「ご不審に思われるのもごもっともです。私は法医学の人間でございまして、精神科の患者さんにこうして容体をお尋ねするのははなはだ筋違いのように思われるでしょう。しかしながら、この精神科の教授であらせられたマサツキー博士というお方は、我がロシアのみならず世界に名を知られた精神医学の重鎮だったのでございますが、ひと月ばかり前に惜しくも亡くなられたのです。そのため、とりあえず私が後任を務めているという次第でして」

「ハア……」

「確かにここは精神病院です。ここには、自分はポンテオ・ピラトに関する偉大な小説を書いた巨匠だと称する自称作家や、モスクワに悪魔が現れたと騒ぎ立てた患者たちが収容されているのでございますが、あなたはここにいる他の患者たちとは訳が違う、特別な患者なのでございます。あなたはそのマサツキー博士の理論の生き証人なのです。あなたは意識を回復された。これであなたがあなた自身のことを思い出されれば、完璧な成功ということに相成ります。あなたは精神医療に革命をもたらす症例となられるでしょう。そして、あなたがご自身のことを思い出されれば、ある空前とも言える奇妙な犯罪事件の真相も明らかになるはずなのでございます」

「チョット待ってください！」

ワカバヤーシン博士はまだ何か言おうとしていたが、私はそれを遮った。

「空前の犯罪事件ですって？　それはどんな……」

「それはまあ、何と申し上げましょうか、いわば、精神科学応用の犯罪と言えましょう。一つの事件と言うより、幾つもの事件が重なり合ったものです。スクヴォレーシニキでは、ある青年が射殺されたり、良家の令嬢が工場労働者たちに撲殺されたり、いろいろなことがございましてですね。それらの全ての鍵を握っておられるのが、他ならぬあなた様なのでございます。ですから、あなたご自身のことを、是非とも思い出していただきたいのです」

スクヴォレーシニキ。昨夜、隣の部屋の女もそう言っていなかっただろうか。

まさか……。私はドキリとした。その怪事件の犯人が私なのではないだろうか。

「では、さっそくなのでございますが、あなたの記憶を取り戻すための実験を始めさせていただきましょう。どうぞこちらへ」

そう言うと、ワカバヤーシン博士は、私を連れて廊下を歩き始めた。

私たちがまず最初に向かったのは、私の隣の部屋だった。昨夜例の声が聞こえてきたあの部屋だ。私の部屋のと同じ寝台の上で、特に美しいとも言えない若い女性が眠っている。彼女は小さな唸り声を発し、一瞬目を覚ますかと思われたが、そうはならず、ただ眠ったままうわ言を言い始めた。

「リザヴェータ・ニコラエヴナ！　……ごめんなさい！　どうかあたしを許して……！　あたしは本当にお義兄さまをお慕いしているのです……ワルワーラ夫人があなたとお義兄さまを婚約させようとしているのは分かっていますが、それでもあたしは……お義兄さまを誰よりも愛しているのです……」

「このご婦人がどなたか、ご存じでいらっしゃいますか？」

ワカバヤーシン博士が私にそう訊ねた。私は首を振りかけたが、何故か突然、それをやめた。そして次の瞬間、何故そうしたのかに思い当たった。

私は彼女が誰だか知っていたのである。

「ダーリヤ……ダーリヤ・シャートワですか？」

私は、自分の口が勝手に動いたような気がした。

確かに、私はダーリヤを見知っていた。が、何故知っているのかはまったく分からなかった。

「フムフム、結構、結構」

博士は一人で納得したように頷いた。が、私は納得したどころではなかった。自分のことが思い出せないのに、他人の名前を思い出してしまったのだ。

「ダーリヤさんがどのような立場の女性か、お分かりになりますでしょうか？」

「彼女は……」

そう、私は知っていた。

「ワルワーラ・スタヴローギナ夫人の養女です」

「大変結構。覚えておられるとは、大変によい兆候です」

私は彼女の寝顔をまじまじと見つめた。私が彼女を知っているということは、彼女も私を知っているのだろうか。とすれば、彼女はやはり、妄想ではなく、本当に私の身元を知っているのかもしれない。昨夜彼女に返事をしていれば、私は自分の名を知ることができたのだろうか。

ワカバヤーシン博士は私の様子を見ると、また一人で納得したようにうなずき、私を別な部屋へと連れて行った。

そこはルイセンコ医科大学精神科の教授室だという、立派な部屋だった。広くどっしりした構えで、大きな書き物机や書架、暖炉などが備わった、なかなか居心地のよさそうな、と言いたいところだが、そうもいかないようだった。何しろこの部屋には、醜怪で雑多な得体の知れない品物や、薄気味の悪い液体漬けの標本らしきものが所狭しと詰め込まれた棚がいくつもあり、それらが重厚な調度品を圧迫していたからだ。

私はワカバヤーシン博士の後についてその部屋に入った。床に足跡がつくところを見ると、どうやらその部屋は長い間掃除がされていない様子だった。標本や例の雑多な品物も、うっすらと白くなっている。埃が積もっているのだ。

「この部屋は以前は図書室と標本室を兼ねた部屋でありまして、マサツキー博士の前任者、碩学《せきがく》であらせられたサイトーフ博士が苦労して集められた、精神医学に関する様々な研究資料や、この病院にいた患者たちの制作物などが収められております。マサツキー博士は従来の教授室よりこちらの部屋を好まれて、教授室としてお使いになられました。あなたをこの部屋にお連れしたのは、あなたの潜在意識がこれらの品物のうちでどれに関心を示すのかを見させていただくためです。これは心の奥深いところにある記憶を引き出すために取られる方法なのです。サア、どうぞ、ご自由にご覧になってください」

ワカバヤーシン博士はそう言うと、私の前から退いた。

古い図書室と薬品の匂いが混じり合い、目の前のいろいろな品物がよりいっそう気味悪く感じられ、私は躊躇した。自分の過去を狂人病院の標本から探さねばならないとは……

私は額ににじみ出る汗を無造作に拭うと、品物を収めた棚に歩み寄った。

ルーレット用のチップの小山、木の十字架と銀の十字架、かなり高価そうな婦人の耳飾り、決闘用のピストル、小刀、三千ルーブルはあるだろう札束、何故か一緒に置かれている文鎮と小さな銅の杵、籠に入ったハリネズミの剝製、中にはべったりと血のついた小斧まであった。

その棚にあったのは、血の小斧以外は一見どうということもない品物ばかりだったが、何故か私の心をざわつかせた。が、どれも特別に私を惹きつけるようなことはなかった。私はその棚の前を去ろうとしたが、しかし、ふと、硝子の破れたところにあった大部の紙束が、奇妙なほど強く私の目を捉えた。

割れた硝子で手を切らないよう注意してそれを取り出し、調べてみると、それは手書きの原稿のようなものだった。大勢の人が読んだらしく、上の方のページはぼろぼろになって汚れている。原稿は全部で三部に分かれていて、最初のページにはルカ福音書の第八章の一部が引用されていた。イエスが人々に取りついた悪霊を豚の中に封じて払う場面だ。その後には、一人称の語りで、ある町に起こったという一連の事件のことが語られていた。

その次の頁に黒インクのゴシック体で『悪霊』という標題が書いてあるが、作者の名前はない。

「……これは何ですか？　先生？　この『悪霊』というのは……？」

「それはやはり、精神病者の心理状態の不可思議さを表現《あらわ》した珍奇な、面白い製作の一つです。

それはロシアのある作家が一気呵成に書き上げたという長篇小説です」

「それはあれですか、患者が、自分の頭は正常だと証明するために書いたようなものですか？」

「それがまだはっきりしないので、判断に困っているところです。何しろ内容というのが、なかなかに凄惨なものでして。主人公は二人いると申せます。一人は眉目秀麗だが犯罪者の気質を持ったスタヴローギンという青年と、もう一人は革命組織のまねごとをして人心を惑わすヴェルホヴェンスキーという青年ですがね。この二人を巡って、描かれたものと言及されたものと両方を含めると、他殺が十一件、自殺が未遂も含めて四件、決闘三件、その他病死や衰弱死が数件、心神耗弱も数件という、何と言いますか、どうにも陰惨な……」

「それは……とうてい正常とは言えないでしょう……」

「確かに正常とはいいがたいのですが、しかし、文学的な価値の高さから、ここの収蔵物の中でもとりわけ貴重な品物となっているのでございます。どうですか、お読みになってみられますか？」

ワカバヤーシン博士はそう言ったが、私は慌ててそれを押しとどめた。

「いえ、もう結構です」

ワカバヤーシン博士の説明を聞いただけで、私の頭は悪霊で一杯になりそうだった。自分が今直面している悪霊だけで精一杯なのに、他人の書いた悪霊まで背負い込んでしまったのではたまったものではない。

私はその冊子を忘れようと、さらに展示品を見ていった。が、気が滅入るばかりで、自分に関連がありそうな品物は見つけることができなかった。ただ、中世の狂人焚殺《ふんさつ》の場面が描かれた絵画や、マサツキー博士の才を見出したというサイトーフ博士の肖像写真に幾分か興味を引かれたが、それで私の記憶が戻るというようなことはなかった。

しかしワカバヤーシン博士は満足げだった。

「フムフム。あなたの潜在意識が動き始めているようですな。結構、結構。ではさらに試験を続けさせていただきましょう。どうかこちらに」

私はワカバヤーシン博士に勧められるまま、大卓子《テーブル》の前に置かれた椅子の一つに腰かけた。

「精神医学などというものがカケラも存在しなかった暗黒の時代には、精神を病んだ者は異端者として焚殺されるばかりでした。が、現代でも実情はさほど変わりがないと言えましょう。マサツキー博士は新たな狂人治療の道を模索するため、その基礎となる理論を打ち立てられました。マサツキー博士がまだ学生のうちにその才能を見抜いていたのがサイトーフ博士なのです。マサツキー博士はまず『胎児の夢』という卒業論文で異才を見せました。そして数年間西欧で研鑽を積まれ、幾つもの学位を取得して帰国されたのですが、しかしマサツキー博士はアカデミアには留まらず、瘋癲行者《ユローージヴィ》に身をやつして各地を転々とされたのです」

「瘋癲行者《ユローージヴィ》……？」

私がきょとんとした顔をしたからか、ワカバヤーシン博士は少し困ったような表情を見せ、顎を撫でてしばし何かを考えた。

「近頃の方々には困ったものでございますな。我がロシアの伝統をお忘れですか？　マア、近年は本物の瘋癲行者《ユロージヴィ》もいなくなりましたからね。よろしゅうございます。説明してさしあげましょう。

　瘋癲行者《ユロージヴィ》というのは一種の狂人です。狂人でありながらも、聖なる存在でもあります。世俗できちんと生きていくためにはきちんとした理性と正常なふるまいが欠かせませんが、瘋癲行者《ユロージヴィ》は狂気によってその世間と断絶し、修行者として欠かせない孤独を得るのでございます。また瘋癲《ユロー》行者《ジヴィ》の奇矯な言動の中には、作為でないがゆえに神が宿り、聖なるお告げを含むことがあるという次第です。その聖なる愚言が時には、誰もが口にしようとしない真理を表沙汰にし、誰も逆らえない権威者の悪行を暴き諫めさえするのです。

　瘋癲行者《ユロージヴィ》はそういう意味では、神から指名された者ですが、マサツキー博士はあえて自らを瘋《ユロ》癲行者《ージヴィ》と成して世間を放浪し、中世とさして変わらぬ現代の精神病治療のひどさを説いて回ったのです。こうした批判は当局に検挙されかねないものですが、何しろ自らキ◯◯イと認める瘋癲《ユロー》行者《ジヴィ》ですからね。マサツキー博士はそのキ◯◯イ外道祭文を唱えながら全国を回られたのでございます」

　ワカバヤーシン博士はそう言いながら、大卓子の一隅にあった布包みを開くと、中から書類の山と、機械の部品がたくさんついた帽子のようなものが出てきた。博士は機械を取り上げると、私の前に差し出して見せた。

「これが何だかお分かりになりますでしょうか？」

「ＶＲゴーグルですか？」

私は何故かそれが何なのか分かってしまった。

「さよう、さよう。では、ちょいと失礼をば」

私が抵抗する間もなく、ワカバヤーシン博士はそれを私に被せてしまった。

ブウンという機械音とともに、目の前がほんのりと明るくなると、どこかの広場に集った雑多な群衆が現れた。彼らが取り囲んでいるのは、ぼろぼろの衣をまとって頭をツルツルに剃り上げた小男だった。男は珍しい異国の鳴り物を手に、それをチャカポコと鳴らしながら、調子よく歌い上げて行くのだが……


　チャカポコ、チャカポコ、スチャラカ、チャカポコ。父と子と聖霊に栄光あれ《スラヴァ・オッ・イ・シヌ・イ・スヴィヤトム・ドウフ》、今も、常に、世々に、《イ・ニネ、イ・プリスノ、イ・ヴォ・ヴェキ・ヴェコフ》アーメン《アーミン》。あーーーア。まかり出でたる（ピー）坊主じゃ。チャカポコ、チャカポコ、スチャラカ、チャカポコ、チャカポコ、さても恐ろし（ピー）地獄。（ピー）が（ピー）で（ピーーーー）じゃ。（ピー）病院は（ピー）患者でいっぱいじゃ。生きながらのこの世の地獄の（ピーーー）じゃ。盲（ピー）や狂（ピー）が（ピーーーーー）、（ピーーーー）。父と子と聖霊に栄光あれ《スラヴァ・オッ・イ・シヌ・イ・スヴィヤトム・ドウフ》、今も、常に、世々に、《イ・ニネ、イ・プリスノ、イ・ヴォ・ヴェキ・ヴェコフ》アーメン《アーミン》。チャカポコ、チャカポコ、スチャラカ、チャカポコ……

「うわっ、何ですかこれは！　これじゃ、何を言っているのかさっぱり分からないじゃないですか！」

私は思わず叫び声をあげた。

「これはどうも相済まないことです。しかし昨今、何分にもいろいろな表現に対する検閲がだいぶうるそうございましてな。不適切な部分はピー音で隠さざるを得ないときていますもので」

チャカポコ、チャカポコ、スチャラカ、チャカポコ。父と子と聖霊に栄光あれ《スラヴァ・オッ・イ・シヌ・イ・スヴィヤトム・ドゥフ》、今も《イ・ニネ》、常に《イ・プリスノ》、世々に《イ・ヴオ・ヴエキ・ヴエコフ》、アーメン《アーミン》。あーーーア。さても切なや、悲しや、辛や。（ピーー）が（ピー）とは（ピーーーー）チャカポコ、チャカポコ、スチャラカ、チャカポコ……

「止めて下さい！　マサツキー博士の瘋癲行者《ユロージヴィ》は分かりましたから！」

私はそう叫ぶと、思わずＶＲゴーグルをかなぐり捨てた。

目の前がぱっと明るくなる。が、そこはマサツキー博士の教授室ではなかった。私がいたのは、広々とした白亜の大広間だった。いくぶん時代がかっており、よくよく見れば老朽化も見て取れたが、豪華な貴族の館であるらしい。広間は金泥仕上げの白い家具で彩られ、豪華に飾られている。広間の壁には上下二段の窓があり、天井には昔風の絵が描かれ、バルコニー席や深紅のカーテン、大理石の彫像もあった。その広間にやはり金泥仕上げの椅子が並べられ、晴れ着を着た上流と思われる人々がその席を占めている。

一段高くなった舞台では、有名な老作家が自作を朗読していたが、老作家の朗読はさっさと早送りされてしまった。

代わって登場したのは、初老の男性だった。

私はこの人を知っている……。そんな考えが急に私の頭の中に忍び込んできた。彼はステパン・ヴェルホヴェンスキー氏だ。例の革命もどきを弄んだというピョートル・ヴェルホヴェンスキーの父親だ……。何故私がそれを知っていたのかは分からない。

ステパン氏は熱に浮かされたように、聴衆に講演していた。

「……でありますからして、私はここに宣言いたします。ラファエロやシェイクスピアは、農奴解放より、国民性より、社会主義より、科学より、上であると！　何故なら、ラファエロやシェイクスピアは、全人類が生み出したいつわりのない成果であり、ことによるとおよそ在りうる限りの最高の成果であるかもしれないからです！　美なくしては、何ものも存在できない！　美なくしては、科学などは奴隷に過ぎないのです！　そこで笑っておられるみなさん、このことがお分かりですか？　では、美のある科学とはいったいどんなものでしょう？　それは真理以外の何ものでもないのであります！　私は最近、ある大変美しい、これはもうまさしく真理以外の何ものでもない科学を知りました。そのことを是非、みなさんにお伝えしたいのです。それは、マサツキー博士という天才の提唱された脳髄論と、『胎児の夢』という理論です！」

ステパン氏は感極まったように両手を打ち鳴らした。

「天才マサツキー博士は、これらの理論をまだ学生のうちに打ち立てたということです。彼こそは我が国のラファエロ、我が国のシェイクスピアと申せましょう！」

多少の早送りがあり、ステパン氏の講演はさらに熱を帯びた。

「よいですか、みなさん、我々は脳髄を思考の源、人間を人間たらしめている最重要な器官と思い込んでおりますが、それは間違いなのであります。脳髄などというものは、逆に狂気を生み出す元凶でしかなく、その機能はごく限られたものなのです。よくお考えになってください。最下等の軟体生物などは、脳髄などというものがなくとも、餌に手を伸ばし、繁殖し、生きております」

ステパン氏は心底感服したように胸を押さえた。この似非《えせ》進歩主義者、形ばかりの知識人、理想に憧れる自分を夢想しているだけの、ただの張りぼてに過ぎないのがこのステパン・ヴェルホヴェンスキーという人物だ。見た目はなかなかの好男子で押し出しも立派だが、素敵なのはその外見だけだ。彼は、自分はその進歩的な思想のために首都ペテルブルクを追われた受難の知識人と信じたがっていたが、実際は単に知識人として無能だったから中央で通用しなかっただけなのだ。その彼が、どこで嗅ぎつけたのか、マサツキー博士の理論を我がことのように講演している。彼にしてみれば、この進歩的な思想を大勢の上流人の前で開陳できるのは、願ったりかなったりであろう。

「よくよく考えれば、我々の最初の一つの細胞は、ただの細胞です。それが分裂してゆくわけですが、どの細胞に含まれているゲノムはまったく同一、遺伝情報はまったく同じであるにもかかわらず、細胞分裂につれてそれぞれ特有の組織へと変化していき、やがて全身の臓器が備わった人間になるのです。これのどこに脳髄が関わっているというのでしょう？　我々の本質は、全身三十七兆二千億個と概算される細胞の一つ一つに宿っているわけです。胎児は、一個の受精卵から原生生物から脊椎動物、哺乳類へと進化の過程をたどるように変化をするわけですが、胎児は母の胎内にいる間、その進化の過程をたどりながら、人類が人類になるまでに生命が辿ってきたすべての記憶をたどる夢を見、また、先祖が辿ってきた歴史の夢を見、それらすべてのエピジェネティックな獲得形質を心身ともに再現しているのです。これがマサツキー博士のいう『胎児の夢』なのであります！」

しかし何故、私は彼をこうもよく知っているのか……。胸の奥で、もやもやとしたものが渦巻き始めた。私は……まさか私は、私の正体は、このステパン氏なのではないだろうか。いや、昨夜目を覚ました時、私は自分の姿を見ることはできなかったが、手足は見ることができ、顔も触ってみたではないか。私の手は女のように白く、顔の感触はつるりとしていて、まだ若いようではなかったか。あの初老の色男では、断じて無い。

しかし……

本当にそうなのだろうか。私が記憶をなくして人事不省に陥っている間、何か特別な医療措置が私に講じられ、形ばかり若返ったということはあり得る。あるいは、自分を若者に違いないと思い込んでいた脳髄が、自分の姿を見誤らせたということも、絶対にないとは言い切れないのではないだろうか……

「よいですかな、諸君。胎児は先祖の辿ってきた道のりの夢を見ている。ということはすなわち、先代の、先々代の、あるいは何代も前の、父や母、祖父祖母、先祖の記憶が胎児に遺伝しているということでもあるわけです。これをマサツキー博士は『心理遺伝』と名付けました。我々は先祖の獲得形質たる心理遺伝を引き継いで生まれてくるわけなのであります！」

聴衆はぽかんとしてその講演を聞いている。私は何か思い出しそうな気がして――それは良い気分のものではなかった――頭を抱えこんだ。視界がぐにゃりと曲がり、聴衆のぽかんとした顔とステパン氏の汗と白亜の大広間がぐにゃりぐにゃりと混じり合うような気がした。私は気分が悪くなり、頭からVRゴーグルをかなぐり捨てた。

あたりが薄暗く、ものがよく見えなかった。私は目をこすり、一度ぎゅっとつぶって、もう一度目を開けた。そこはマサツキー博士の教授室ではなかった。そこは、青白く薄気味の悪いぼんやりとした明かりしかついていない、冷え冷えとした殺風景な部屋だった。中央には、白い大理石か何かで出来た大きな台がある。その傍に立っているのは白衣を着たワカバヤーシン博士だ。ワカバヤーシン博士は台の下に置かれた棺から女性の遺体を抱え上げて台の上に横たえた。それは少し釣り目の、育ちのよさそうな若い女性だった。ほっそりした身体つきをしている。

私は彼女が何者なのかを何故かやはり知っていた。

スタヴローギン青年との縁談が破談となって別な男と婚約した良家の令嬢、リザヴェータだ。リザヴェータはどう考えても完全に死んでいるように見えたが、ワカバヤーシン博士は彼女の胸に聴診器を当て、何やら熱心に様子を見ていた。やがて博士はもう一つの棺から取り出した別な女性の遺体に、リザヴェータが着ていた経帷子《きょうかたびら》を着せると、リザヴェータが入れられていた棺に納めてしまった。

死体のすり替えだと私は直感した。ワカバヤーシン博士はリザヴェータに蘇生を試み、やがて

彼女は息を吹き返した。死んではいなかったのだ。群衆に襲われて撲殺されたと思われていたリ

ザヴェータだが、仮死状態になっていただけだったのだ。

しかし、一体何故、私は彼女を知っているのだろう？

私は頭をぶるぶると振った。何か恐ろしい事実に行き当たってしまいそうで、叫び出したいような心持ちさえした。いや、大丈夫だ。これは今目の前で起こっていることじゃない。ただのVR映像に過ぎないじゃないか。ということはもしかしたら、偽物の映像ということだってあり得る。ただのCGかもしれないのだ。ワカバヤーシン博士が私の頭を試すために作った作り物だということも、充分あり得るではないか。

私はVRゴーグルをかなぐり捨てた。当然だが、目の前には先ほどの、マサッキー博士の教授室があった。大卓子の向こうにはワカバヤーシン博士がいる。

しかし、部屋の様子はだいぶ違っていた。部屋は埃をかぶってはおらず、回転椅子の上には、ワカバヤーシン博士の他にもう一人の姿があった。

私は驚きのあまり、声も出せなかった。

それはマサッキー博士だった。さっきの瘋癲行者《ユロージヴィ》の男だ。瘋癲行者《ユロージヴィ》の頃より年は取っているが、間違いなくマサッキー博士だ。つるりとした禿げ頭の、白い診察服を着てぴかぴかした縁なし眼鏡をかけてはいるが、まさしく先ほど見た瘋癲行者《ユロージヴィ》の小男だ。しかし彼らは、私のことなどまるでお構いなく、自分たちだけで何やら話し込んでいた。私はきょろきょろと二人を見比べ、手の中のVRゴーグルと二人を見比べ、自分はまだ幻影から覚めていないのではないかともう一方の

手で自分の頬を叩いてみたが、二人はそんな私にいっこうにお構いなく、ある事件について話し合っているようだった。

「では何かね、君は、あの事件の犯人はそれぞれ違う者たちだと考えているわけかね？」

マサツキー博士がそう問うと、ワカバヤーシン博士はゆっくりと頷いた。

「その通りです。法医学的見地からして、同一人物の犯行ではありません。現に、犯人が判明している事件もございます。それぞれは別の事件です。しかるに、マサツキー博士、あなた様はこれらの事件をどう見ておられるのですか？」

「ウム。精神医学的見地から申して、これら一連の事件には、背後に同一人物の影があると見ている」

「エッ、では、全てはたった一人の犯人によるものということでございましょうか？」

「さよう。一連の事件には、恐ろしい心理遺伝が関わっているのだ」

何か私が思い出したくないことが思い出されようとしている。そんな気がしてならなかった。

私は自分のことを思い出したいのか、思い出したくないのか、どちらなのだろう。いずれにせよ、私は耐えられそうになかった。私は衝動に駆られてVRゴーグルをかなぐり捨てた。

そこにいたのは、一人の見目麗しい青年だった。

私は彼を知っている。

ニコライ・スタヴローギン。

歳の頃は二十七、八の青年だった。髪は黒々と艶やかで、明るい色の目は澄んでおり、歯は真珠、唇は珊瑚に喩えられよう。知性にも優れ、ペテルブルクで軍務の経験もあり、西欧での遊学の経験もあり、身のこなしなどは最上流の社交界でなければ身につかないほどの洗練を極めたものだった。彼こそは何か大きなことを成し遂げると万人から期待されるような男だ。しかし、誰が見ても美男と認める姿形をしているが、その美しさの中にはどこか人を不快にさせるものがあるのも事実だ。

彼は以前、軍務を終えてスクヴォレーシニキに帰ってきた時、社交界で数々の奇矯の振る舞いに及んで大変な醜聞を巻き起こしたことがあった。社交クラブの重鎮氏の鼻を摑んでみたり、衆人環境の中、既婚婦人の唇に長々と口づけしてみたり、挙句に、親戚の県知事に「どうしてあんなことをしたのか教えて差し上げましょう」と言って耳を噛みついてみたり、という次第である。彼は体裁を保つため数年間西欧に遊学したが、またスクヴォレーシニキに帰ってくると、今度はさらに不穏な出来事が街に起こるようになったのだった。

まあ、スタヴローギン家の豪華な客間でステパン氏やダーリヤの実兄が騒動を起こしたくらいのことは何でもない。スタヴローギンに決闘を挑んだ者がいたことも、まあ、その後に起こることに比べれば何ほどのこともないだろう。事件は、スタヴローギンが良家の令嬢リザヴェータを婚約者から奪って一夜を過ごした夜に起こった。

ここで町の一隅、木造住宅が密集するあたりから火の手が上がる。貴族団長夫人の例の白亜の大広間で舞踏会が行われた夜、というより、その舞踏会の真っ最中に、対岸の町の三か所から火の手が上がったのだった。

川向こうから舞踏会に出席していた者も大勢いたので、舞踏会はあっという間に恐慌に陥った。奪い合うようにして自分の外套を探す者、夜会服のまま飛び出して行く者、どこから仕入れてきたのか、火事は放火によるものだと叫び回る者、上品な大広間は、瞬く間に下卑た喧騒に包まれた。

だが、当然ながら川向こうの町はそれどころではない本物の恐怖と恐慌に満たされていた。燃えさかる家から家財を運び出そうとする者もいれば、ただ呆然と炎を眺めている者もいた。野次馬もどんどん増え、放火だという噂はますます確信をもって飛び交った。夜の火事は、どこか祝祭めいた趣がある。町の消防団は力の限り活躍したが、火はそれを超越して燃え広がり、なかなか消し止めることはできなかった。

赤々と燃え上がる炎に、私は気分が悪くなる。

すでに正気を失ったレンプケー知事が一人でわめき立て、やがてばったりと倒れ伏した。もちろん火事はそんな茶番などものともせず、住民たちの家財を飲み込んでゆく。

火の勢いが衰えてきたのは、夜が明ける頃だった。

野次馬と焼け出された人々が見守る中、町外れのさらに外れ、菜園の片隅にあった焼け跡から、燃え切らなかった二つの死体が運び出される。ここは一連の火事の現場からも離れた場所なので、延焼で焼けたのではない。明らかに、個別に火が放たれた家だ。

そこから運び出されてくる死体を、私は知っていた。

焼け死んだのではない。刃物でめった刺しにされている。死んだのは、スタヴローギン青年の秘密の妻マリヤと、その兄だ。マリヤは化粧が濃くやせ細った、若い頃の容色が失われた三十がらみの女で、頭が（ピー）で身体が（ピー）という、世間一般からは見向きのされない存在だった。

その惨殺死体を呆然と見下ろしている女がいる。寝乱れた髪、慌てて自分で着付けてきた、昨夜のままの夜会服、そのむき出しの肩には外套どころかショールも羽織っていなかった。

「あの女だ……！」

誰かが彼女を指さす。

「そうだ！　あいつだ！」

「あの女がスタヴローギンの情婦か？」

「間違いない。あの女だ！」

「スタヴローギンの妻の死体を見物に来たんだ！」

噂というものは、どこで生まれて、どこからやって来るのだろう？　恐ろしいのは、誰もそれを知らないのに、噂は力を持っていることだ。

「殺すだけじゃ飽き足らなくて、見物に来やがった！」

誰かがその女、リザヴェータ嬢の頭を殴りつけた。倒れこむ彼女を、また別な男が殴りつける。あたりは喧騒に包まれた。誰もが殺された女はスタヴローギンの秘密の妻で、リザヴェータはスタヴローギンと不義密通の関係にあることを知っていた。何故だ。何故なのだろう。しかし事実、彼女は今、スタヴローギンの褥《しとね》から慌てて飛び出してきたところだった。

だけど何故、私がそれを知っているのだろう。

私は騒ぎから顔を背け、両手で耳を塞いだ。もうこれ以上こんな凄惨な光景は見たくなかった。いや違う。目を閉じるんじゃなくて、耳を塞ぐんじゃなくて、こうすればいいんだ。

私はVRゴーグルをかなぐり捨てた。

あたりは静まり返った。そうだ。こうすればよかったのだ。

私は肩で荒く息をし、咳き込んだ。誰かがその私の背を、気づかわしげにさすった。ワカバヤーシン博士の手だろうか。私はおそるおそる目を開けた。

「大丈夫ですか？」

そう声をかけてきたのはワカバヤーシン博士ではなかった。場所もルイセンコ医科大学の教授室ではない。

目の前にいたのは、簡素な衣を着た、歳の頃は五十五、六と思われる細面の僧侶だった。あたりを見回すと、そこは豪華なものから粗末なものまで、てんでばらばらな寄進物で一杯になった僧房らしいところだった。

僧侶はVRゴーグルの中で汗だくになっていた私の額を清潔なタオルで拭うと、改めて気づかわしげに肩を撫でた。

「チーホン主教……？」

私の口をついてその名が出てきた。そう、私は彼が誰なのかを知っていた。

チーホンは私の様子が大丈夫だと確信したのか、私の傍を離れ、豪華な装飾のある卓子の向こうの椅子に腰を下ろした。

「まあ、動揺なさるのも無理はありますまい。何しろ、ひどい内容ですからね」

彼は私がかぶっていたVRゴーグルを手にしている。

あたりには僧院の香《こう》の香りが漂っていた。

「しかし、あなたは続きをご覧にならなければなりません。これはスタヴローギン家に伝わる秘密のデータで、スタヴローギン家の血を引いた男子はこれを見ると、血筋に残った獲得形質の心理遺伝が発動し、変態性欲による犯罪が起こることになっています」

「ちょっと待ってください！　私は……」

スタヴローギン家と、今、スタヴローギン家の血筋と、そう言わなかったか。私は慌てて両手を振ってそれを否定しようとした。が、チーホン主教は、私がほとんど何も言わないうちに、またVRゴーグルを私の頭に被せてしまった。

私は手足に力が入らなくなり、抵抗ができなくなった。目の前に何やらぼんやりとした光がうごめき、ゼラニウムの香りが鼻先をかすめた。

私は質素な下宿屋で、寝台の前に座っていた。

私の前にいるのは、具体的には何歳くらいなのかを言うことのできない、婉曲的に言えば年若い少女だ。彼女は寝台に腰かけている。下宿屋の大家の娘、マトリョーシャ。大家の一家は、彼女を残して皆出かけていた。

私はマトリョーシャの手に口づけをし、足に口づけをし、膝に抱き寄せ、目を見つめると、少女は恥ずかしそうに顔を赤らめた。そして……

違う！　違う！　違う！　私はそんなことをするつもりなどまるで無い！　これは私じゃない！　私じゃないんだ！　頭の中がぐるぐると回り始め、私は逆さづりにされて振り回されるような、気分の悪い目眩を覚えた。右も左も上も下も、何も分からなくなった。分かっているのはただ、私はマトリョーシャを凌辱した後、彼女をわざと冷たい態度で無視をし、彼女は首を吊って自らの命を絶ったということだけだ……

「どうだ……読んでしまったか」

と言う声が、不意に私の耳元で起こった……と思ううちに室の中を……アーーン……と反響して消え失せた。

それはワカバヤーシン博士の声かと思ったが、そうではなかった。もっと快活で、若々しい印象の声だった。

私はマサツキー博士の教授室の大卓子の前で、奇妙な文書を読みふけっているところだった。あたりを見回すと、先ほどまでワカバヤーシン博士が座っていた回転椅子には、ワカバヤーシン博士とはまったく違った、白い診察服を着た色黒の小男が座っている。

つるりとした禿頭《とくとう》、高い鼻にかけられた縁なし眼鏡、大きなへの字の唇に、火をつけたばかりの葉巻をくわえこんでいる。その小男は私と視線を合わせると、ゆうゆうと右手に葉巻を取りながら真っ白な歯をむき出してクワッと笑った。

私は飛び上がった。

「ワッ……マサツキー博士……」

「ワハハハハハ……驚いたか。ワッハッハ。イヤえらいえらい。吾輩の名前をチャンと記憶していたのはえらい。おまけに幽霊と間違えて逃げ出さないところはイヨイヨ感心だ。ハッハッハ。アッハッハ」

私はその笑い声の反響に取り巻かれているうちに、全身が痺れて行くような感覚に襲われた。今朝からの出来事の一切合切が否定されてしまったような気がして、力が抜け、また回転椅子の上にどさりと尻餅をついてしまった。

「ワハハハハ。ひどくびっくりしているじゃないか。そうたまげることはない。君は今、とんでもない錯覚に陥っていたのだよ。

君は今朝、ワカバヤーシン博士からいろいろな話を聞かされてきただろう？　隣の部屋の女性を見せたり、吾輩が死んでから一カ月だとかなんだとか。そしていろいろ読まされて……」

私はマサツキー博士が葉巻で指した大卓子の上の書類の山を見た。VRゴーグルなどというものは影も形もなかった。

「……、それを信じ込んでしまったというわけだ。しかしそれはワカバヤーシン博士のペテンなのだよ。彼奴《きゃっ》は君を色と欲と理詰めで責め立てて、君に、君自身がスタヴローギン青年だと思い込ませようとしていたのだ」

「エッ……そんな……。いったい、ワカバヤーシン博士は何だってそんなことを……」

「彼奴は君を一連の事件の犯人として公表して、心理獲得形質実験の手柄を自分一人のものにしようとしているのだ」

「ち、ちょっと待ってください。もし私が自分をスタヴローギンだと認めたとして、どうしてそうなるのか、なんか辻褄が……」

「辻褄が合わないと思うだろう？　そこが彼奴の上手いところなのだ。法医学と心理尋問の手管に長けたワカバヤーシンの手にかかれば、どんなに身に覚えのない被疑者でも、ひとたまりもない。彼奴の手に引っかかって責め立てられていると、頭がゴチャゴチャになって考えきれないような心理状態に陥ってしまうのだ。そうして最後には、彼奴の思い通りのことを白状し始める。ワカバヤーシンはそういう、恐ろしい手管を操る奴なのだよ」

いや、しかし……。私は頭を抱え込んだ。いややっぱり何か辻褄が……。分からない。全く分からない……

「まだ分からないことがあると見えるね。ウム、君はなかなか頭がいい。そう、彼奴の目的は、手柄を自分のものにするだけではない。君をスタヴローギンに仕立て上げた上《うえ》で、一連の事件の黒幕に吾輩がいると指摘させることで、全ての罪を吾輩に着せようという思惑があるのだ」

そんな恐ろしいことが……。私の身体はまた痺れるような感覚に襲われた。私は額から流れ落ちる汗を拭い、マサツキー博士の次の言葉を待った。

「それでいよいよ本勝負にとりかからなければならないのだ。是非とも吾輩の手によって、君の記憶を取り戻し、君が誰であるのかを思い出させてやらねばならん。君が誰であるのかを君自身に確かめさせなけりゃ、ワカバヤーシンの手前、卑怯に当たるからね」

「やはり私が誰なのかは教えていただけないのでしょうか？」

「それはキミ、自分で思い出さなければ意味はないよ。どうだね？　何か少しでも思い出したかね？」

「思い出したと言えば……」

私は頭をかきむしった。

「思い出したことはたくさんあります。でも自分のことは……私は……私は……やはりスタヴローギンなのではないのですか……？　私は彼の身の回りの人物のことをみな覚えています。たくさん思い出しました。不思議なくらい克明に……」

そう、ペテルブルクのマトリョーシャのことまでも、だ……。

「いかん。ワカバヤーシンのトリックに引っかかってはいかん。だいいち、君、誰が君を男だと言ったかね？」

私は稲妻に打たれたように衝撃を受けた。私は自分の頬を撫で、乳房を撫で、恐る恐る下腹部に手を伸ばした。

「あっ……！」

私は数歩、よろよろと大卓子から離れた。近くにあった戸棚の硝子はまったく埃などかぶっておらず、きれいに磨き上げられている。私はそこに映った自分の姿を見た。

これ以上衝撃を受けようがないと思い込んでいた自分の精神に、さらなる打撃が加わったのを感じた。

その硝子に映っていたのは、例の令嬢、スタヴローギンと駆け落ちして群衆に撲殺された、あのリザヴェータ嬢の顔だったのだ。死んだと思われて埋葬されかけ、ワカバヤーシン博士の手によって蘇生された、あのリザヴェータ。私は思わず顔を伏せた。すると、臨月までそう遠くないだろうという、突き出た腹が目に入った。

この子が、胎児が、原生生物から人類への、そして祖先――間違いなくスタヴローギン家の者たちの――夢を……

「しっかりしろ！　しっかりしたまえ！」

何か熱い液体のようなものが唇に触れ、私はかろうじて意識をとりとめた。床にへたり込んだ私をマサツキー博士が助け起こし、どうにかまた例の回転椅子に腰かけさせてくれた。

「イヤ、すまん。今のは君をテストさせてもらったのだ。君はまだ暗示にかかりやすい状態のようだね。しっかりしたまえ。君は妊娠などしてはおらんよ。確かめたまえ」

何が何だか分からなかった。私はひどい目眩を起こしてよろよろと数歩後退して再び椅子に身を投げ出し、大卓子に肘をつき、頭を抱え込んだ。確かめるのは怖かった。が、目をぎゅっとつぶったまま右手で恐る恐る腹のあたりを探ってみると、果たせるかな、私の下腹部についていたのは男の陽物だった……

ということは……私はやはり、スタヴローギンなのだろうか……

私は口の中に残った気付けのウォッカの痺れるような味が薄れるまで、しばらくの間、うめき声をあげながら大卓子に突っ伏した。どのくらい時間が経っただろう。やがて、どこからともなくコツコツと何かを叩く音が聞こえてきた。

私は怯え切ってはっと顔を上げた。それは教授室の扉を叩く音だったのだ。私はまたワカバヤーシン博士ではないかと思って恐怖を感じたのだった。

「オーイ……入れエーッ……」

マサツキー博士が大声をあげると、扉が開き、老人が入ってきた。手にはサモワールから汲んだばかりかのような湯気をあげる茶と、糖蜜菓子《プリャーニキ》を山盛りにした皿の載った盆を持っている。

「ヘイヘイ、今日はまことによいお天気様で……ヘイヘイ……これはあの、学部長様からのお使いで、お二方様のお茶受けに差し上げてくれいとの、お申し付けでございましたが……」

「アハハハハ。そうかい、ワカバヤーシンがよこしたのかい。フーム……イヤ御苦労御苦労」

ワカバヤーシン博士が……？

その大学の小使いらしき老人が去ってゆくと、マサツキー博士は糖蜜菓子《プリャーニキ》を手づかみにして頬張り、熱い茶をグイグイと呑んだ。そうして私にもうんと喰えというふうに眼くばせをした。だが私は、固まったまま、ただマサツキー博士を見つめることしかできなかった。

「アハハハハ。何もそんなに気味悪がることはないよ。これだから吾輩は悪党が好きなんだ。彼奴め、吾輩が昨夜から徹夜をして、何も喰っていないことを知っていやがるんだ。毒など入っておらんよ。大丈夫だ。君も喰え」

何が何だか分からない……。ますますもって分からなかった。ワカバヤーシン博士とマサツキー博士の関係はいったいどうなっているというのだろう？

マサツキー博士はうまそうに糖蜜菓子《プリャーニキ》を幾つも平らげたが、私は茶を飲むので精いっぱいだった。が、気付けのウォッカのせいか、今の糖蜜菓子《プリャーニキ》事件のせいか、今まで行き詰まっていた私の気持ちがクルリと転換させられたのかもしれない。私は、たとえ理屈がどうなっていようとも自分自身をスタヴローギンと思うことは絶対にできないと、大声で宣言したいような気持ちになりつつあった。これは何か深刻な問題なのではなく、二人の博士の悪ふざけのようなものかもしれないという気もしてきたのだった。

……ことによるとこの事件の真相は、思いもかけぬ阿呆らしい喜劇かもしれないぞ。

そして、真相を自分の手で明かしてやったら愉快だろうという、むやみに大胆な、浮き浮きした気分に変わってしまったのだった。

しかしそのためには、質問したいことがたくさんありすぎる。私は大卓子いっぱいに広げられた書類の山、手記や新聞の切り抜きなどをもう一度眺め渡した。

「これは……何ですか？」

私は数枚の新聞の切り抜きを取り上げた。

「アッ。そいつは……」

と言い終わらぬうちにマサツキー博士は両手を下ろして、大卓子の端をドシンと叩いた。

「……そいつはうっかりしていたよ。カンジンカナメのものを見せるのを忘れていた。そいつは、スクヴォレーシニキで起こったもう一つの、重大な怪事件についての記事だ。

それはだな、こういう事件だ。聞きたまえ」

マサツキー博士は一つ咳払いをすると、記事を見ずに話し始めた。暗記しているらしい様子だ。

「それは、スクヴォレーシニキのさる公園で起こった殺人事件なんだ。公園と言っても、パリやモスクワの市内にあるようなちっぽけな緑地のことじゃない。保護林や洞窟、広大な三つの池が一ヴェルスタ（約一キロメートル）の間に並んでいるというような、そういう場所だよ」

私は言われなくても、どうしてかそのことを知っていた。

「つい先ごろのある日の夕方、そのスクヴォレーシニキの公園の池で、一つの他殺体が発見されたのだ。それは頭を撃ちぬかれ、体に石の重しを二つくくりつけられて池に投げ込まれた、まだ若い男の死体だった。死後さして時間は経っていないようだった」

私の鳩尾《みぞおち》に悪寒が走った。たった今感じていた愉快な気持ちは、最初から存在しなかったかのように、いとも簡単に消えうせた。

「身元もすぐに分かった。それはシャートフという、スタヴローギンとも付き合いのある男だったのだ。そのシャートフの他殺体の発見と相前後して、町のある下宿屋でもう一つの死体が発見された。その死体はピストル自殺で、シャートフの殺害を認めた遺書が残されていたのだ。

しかしだね、警察も莫迦《ばか》ではない。その犯行が、たった一人の人間によっては成し得ないということを喝破したのだ。とすれば、当然、事件には誰か共犯者、ないし真犯人たちが居よう、ということになる……」

私の悪寒はどんどんひどくなり、胸がむかむかしはじめた。マサッキー博士の顔を見ていられなくなり、しまいには傍にいるのさえ辛くなった。私は椅子から飛び上がって部屋の外へ逃げ出したかったが、その力さえ失っていた。私はただぎゅっと目をつぶって耐えた。どうすればいい？　ここから逃げ出す方法は？　何かある気がした。そう……何か……何か思い出しそうだ……

そうだ。ＶＲゴーグルだ！

さっき、チーホン主教の僧房で被せられたではないか。

私は目を開き、顔を上げた。

大卓子の書類の山の向こうに、葉巻をくゆらせ、自信ありげなニヤニヤ笑いを浮かべたマサッキー博士の顔がある。

見れば見るほど、それは作り物めいて見えた。

そうだ、これはＣＧだ。

私をペテンにかけるためワカバヤーシン博士が作ったＣＧに過ぎないのだ。

私は頭に手を添えると、ＶＲゴーグルをかなぐり捨てた。

空気がひんやりとしている。

じっとりとした湿気を含んだ、冷たい空気が、風というほどではない、ごくかすかにたなびくように流れている。

私は恐る恐る顔を上げた。

夜だった。真っ暗闇で、二歩も離れれば隣に誰かいても見分けがつかないような宵闇だ。そんな中、三つのカンテラの明かりが揺れている。

あたりを見回すと、そこは洞窟の入り口だった。見知った場所だ。この奥のどこかに、革命組織の地下出版物《サミズダート》を印刷するための印刷機を埋めて隠してある。

我々同志たちはここで、シャートフを待っていた。印刷機の管理を任されているのはシャートフなのだが、奴は組織を抜けたいと言い出している。私は、ならば印刷機を埋めてある正確な場所を教えてくれさえすれば、組織を抜けてもいいと言ったのだ。

もちろん、私はピストルを隠し持ち、同志たちもそれを知っている。

同志の中には、シャートフは決して密告などしない、殺さないでやってくれと言う者もあった。というより、ほぼ全員が心の中ではそれを願っている様子が見て取れた。だが、私はピストルを隠し持ち、同志たちもそれを知っていた。

シャートフを迎えに行った者が来るのを待ち、一人が鵺《ぬえ》の声のするおもちゃの笛を吹いた。「ヒー」という陰気な鳴き声が岩場に反響する。遠くから同じ鵺の「ヒー」という鳴き声が応えた。

ここは「組織」の大事な秘密の場所だ。以前ここに入り込んだ男には、口止めのためそれなりの制裁を受けてもらわねばならなかった。とある海岸に流れ着いたその男は「あの島には悪霊がとりついている……悪霊が……悪霊が……鴉のなく夜に気をつけろ……」と言い残して死んだ。

血の制裁は、断固として行わなければならない。

「でも、誰もシャートフが書いたという密告状など、見ていないじゃないですか……」

同志の誰かが言った。全員に動揺が走るのが感じられる。

「密告状は、ぼくが見ている」

私は平然とそう言った。むろん、実際にはそんなものは存在しない。

また笛の合図のやり取りがあり、一番年若い同志がシャートフを連れてやって来る。

シャートフは私の言ったことを信じ切っている様子だった。彼は洞窟の一隅を指し、ここに印刷機が埋まっていると言った。その瞬間、背後から二人、正面から一人の同志たちが襲いかかり、押し倒して地面に押さえつけた。私は拳銃を持って飛び出してゆく。三つのカンテラが現場を照らし出していた。シャートフは突然、短い、絶望的な叫び声をあげた。だが、叫びは言葉にならなかった。

私は彼の顔に直に、正確にしっかりと拳銃を当て、引き金を引いた。

シャートフは死ぬ前に私の方に顔を向け、しっかりと私の顔を見極めた。

私の顔。そう、ステパン氏の息子、ピョートル・ヴェルホヴェンスキーの顔を……

……………………

ああ……

私は……私は……

私はその場から走り出した。走って、走って、どこまでも走り続けた。背後から絶叫してくる自動車の警笛を聞いた。目の前に急停車する電車の唸りに脅かされた。自転車のベルに追い散らされた。叱咤する人の声や吠えつく犬の声を聞いた。グルグル廻る太陽と、前後左右に吹きめぐる風と、戦争のように追いつ追われつする砂埃を見た。私は山を登り、川を渡り、赤道を越え、宇宙ステーションを横切り、静止軌道を経巡った。

……けれども……

……けれども……

よく考えてみると、私はまだ、自分が何者なのかを知らないのだ。ああでもない、こうでもないと考えてはいるものの、答えはまだ得られていないのだった。シャートフとその妻の私的な会話も知っている、ステパン氏が家出してから亡くなるまでの内面のつぶやきも知っている、世界を革命するための偉大な「組織」など実は存在せず、この街の同志たちはみなピョートルのおもちゃに過ぎないことも、スタヴローギンとリザヴェータが二人で朝を迎えた時の会話も知っている。しかし、私自身が何者なのかは……

私は誰だろう。私の過去とこれらの事件の間には、どんな因果関係が結ばれているのだろう。

いや。

私は突然、ある悪寒が私を捉えたのを感じた。これまでに何度も悪寒は感じてきたが、それは今までにない、ある恐ろしい予感を含んだ悪寒だった。

ピョートルの、スタヴローギンの、ステパン氏の、ワルワーラ夫人の、リザヴェータ嬢の、ダーリヤの、シャートフの……それぞれの人物の内面と行動を知り尽くした人間が一人、いるではないか。

たった一人の人物が。

私は教授室にある文書のことを考えていた。あれをあそこに置きっぱなしにしてきてしまった。それから何時間経ったのか、何日経ったか分からない……。私は気づくと、元のルイセンコ医科大学精神科教授室の回転椅子に腰を下ろしていた。私の他には誰もいない。大卓子の上に散乱していたはずの書類は、きちんと整理されて積み上げられている。その表面にはうっすらと埃が積もっていた。ひと月どころではない、もう何年もの間、そうして放置されていたかのような埃が。

私は一瞬それに手を伸ばしかけて、やめた。

それじゃない……

ぎくしゃくする全身を奮い立たせて立ち上がり、例の硝子の破れた戸棚に向かう。

あった。硝子の破れ目から入り込んだ埃をかぶった、あの小説の束だ。

私は硝子で手を切らないよう注意しながらそれを取り出すと、太い黒インクで記された『悪霊』という標題をもう一度眺めた。著者の名前はない。

しかし、もしかしたら末尾に署名などはあるかもしれない。

私は何としてでも、物語の結末と、その著者名を見なければならないのだ。

表面の埃を吹くと、私はページをめくり、末尾のページを探そうとした。

「あッ……！」

私は思わず叫び声をあげた。大部冊と思われた綴りこみのほとんどは白紙だった。そして、冒頭から何ページもいかないところに、執筆中断の断り書きがあったのだった。

「悪霊」二ヵ月も休載しました上、かくのごときお詫びの言葉を記さねばならなくなったことは、読者、編集者に対してまことに申し訳なく、又自ら顧みてふがいなく思いますが、探偵小説の神様に見放されたのでありましょうか、気力体力共に衰え、日夜苦吟すれども、如何にしても探偵小説的情熱を呼び起こし得ず、抜殻同然の文章を羅列するに堪えませんので、ここに作者としての無力を告白して、「悪霊」の執筆を先ず中絶することに致しました……

私は綴りこみをはたと取り落とし、頭を抱え込んだ。

どこをどう歩いたものか、私は自然と七号室の扉の前に来て、石像のように突っ立っている私自身を発見した。そして寝台の上に長々と仰臥《ぎようが》したまま、死人のように息を詰めていた。眼ばかりを大きく見開いて…………………

……ブーーンン……

という時計の音が、廊下の行き止まりから聞こえてきた。

## 参考

夢野久作『ドグラ・マグラ』（『日本探偵小説全集4　夢野久作集』創元推理文庫所収）
フョードル・ミハイロヴィチ・ドストエフスキー『悪霊』亀山郁夫訳　光文社古典新訳文庫
横溝正史『悪霊島』角川文庫
江戸川乱歩『悪霊』（『江戸川乱歩全集　第8巻　目羅博士の不思議な犯罪』光文社文庫所収）

**初出一覧**

「アントンと清姫」ＳＦマガジン2010年９月号

「百万本の薔薇」小説現代2010年12月号

「小ねずみと童貞と復活した女」

『NOVA＋　屍者たちの帝国』（2015年、河出文庫）

「プシホロギーチェスキー・テスト」小説現代2019年10月号

「桜の園のリディヤ」ＳＦマガジン2021年４月号

「ドグラートフ・マグラノフスキー」書き下ろし

まぜるな危険《きけん》

二〇二一年七月二十日　印刷
二〇二一年七月二十五日　発行

著者　高野《たかの》史緒《ふみお》
発行者　早川浩
発行所　株式会社　早川書房
郵便番号　一〇一 - 〇〇四六
東京都千代田区神田多町二ノ二
電話　〇三 - 三二五二 - 三一一一
振替　〇〇一六〇 - 三 - 四七七九九
https://www.hayakawa-online.co.jp
定価はカバーに表示してあります


印刷・製本／中央精版印刷株式会社

ISBN978-4-15-210038-2 C0093

乱丁・落丁本は小社制作部宛お送り下さい。
送料小社負担にてお取りかえいたします。